# मैं बेहोशी का एक पत्थर था

वीरु सोनकर

युवान
बुक्स

अनबाउंड स्क्रिप्ट का उपक्रम

**मैं बेहोशी का एक पत्थर था**

प्रथम संस्करण : जनवरी, 2026



**ISBN :** 978-93-47125-96-6

**प्रकाशक** : **अनबाउंड स्क्रिप्ट**
2/41, अंसारी रोड, दरियागंज, दिल्ली-110002
**वेबसाइट** : www.unboundscript.com
**ई-मेल** : books@unboundscript.com
**फोन नं** : 011-35807601

MAI BEHOSHI KA EK PATTHAR THA
*By* Veeru Sonkar
Illustrated by Mahesh verma

मुद्रक : यश प्रिंटोग्राफ़िक्स, नोएडा, उत्तर प्रदेश

मूल्य : ₹ 249/-

# मैं बेहोशी का एक पत्थर था

वीरु सोनकर

युवान बुक्स

# अनुक्रम

## मानो था एक बर्फ़ से बना अँधेरा यहाँ



## मैं छीन लेता हूँ तुम्हारा तिथि–बोध

# आत्मकथ्य

मैं इस ब्रह्मांड में एकदम अकेला हूँ। संसार का कोई भी सानिध्य यह योग्यता नहीं रखता है कि वह मुझे छू सके, मुझे मेरे अकेलेपन में ही खोजा जा सकता है। मैं प्राप्तियों में नहीं मिलूँगा, मैं सब कुछ गवाँ देने के लिए अभिशप्त हूँ। अनगिनत धिक्कारों, ख़ारिज करने के अंतहीन प्रयासों से मेरी देह का रक्त बना है।

मेरे हाथ पानी से बने हैं; मैं चीज़ें पकड़ता हूँ, वे मेरे हाथ से फिसल जाती हैं। मेरी हड्डियों में मेरे मामूली होने की लज्जा बैठी है, मैं मिट्टी के मोल हूँ।

तुम मेरी निद्रा पर व्याकुलता का जल डालो। मेरी थकान पर अदम्य पागलपन की छाया है। मैं अधीर हूँ, मेरा कोई देवता नहीं है।

तुम मुझे सहज देखना चाहते हो, तो मुझे दुःख दो।

मुझमें क्रोध की पराकाष्ठा है इसलिए भी मेरा स्वीकार कठिन है, मेरा त्याग ही उचित-कर्म है। मैं अदम्य हूँ, मृत्यु भी मेरा दमन नहीं कर सकेगी। मुझे भुला देना ही योग्य विधा है। मुझसे बचने के सारे प्रयास विफल होंगे।

मुझे लिपियों में नहीं लिखा जा सकेगा, न ही भाषा में मुझे बताना संभव होगा। तुम मेरे रहस्य कभी नहीं जान सकोगे। समय के भीतर मैं दुबारा कभी नहीं लौटूँगा। मैं बस एक बार के लिए ही हूँ।

मेरी हर इच्छा और कविता शापित हैं, वे पूरी नहीं होती हैं।

**– वीरू सोनकर**

# शून्य में बदल जाने की कला

# अपने अभिनय में

वह
मुझे सुनती है अनसुने की भाषा में
बेध्यानी के ध्यान में सोचती हुई
न कहने के शिल्प में
कहती हुई।

किसी अनाम नामकरण के प्रति शंकालु
पत्थर पर अपनी हथेली रगड़ती हुई वह उस छुवन को हटाती है
जो अभी तक है, अनछुई।

वह रचती है, अपनी आसक्ति के आसपास
एक आसक्त संकोच।

जैसे कोई प्रतीक्षारत होने के
अपने अभिनय में देख रहा हो ख़ुद को।

एक वैकल्पिक अनास्था के साथ।

■

# सम

सम एक उलझा हुआ शब्द है
जो समान चीज़ों और बातों को अभिव्यक्त करता है

सम यानी, संभोग का उपसर्ग
पर क्रिया के संपन्न होने के बाद की ऊब नहीं बताता यह शब्द
सम यानी समानधर्मी
यानी एक धर्म के मानने वालों में भी हो सकते हैं विरोधाभास।
यानी एक जैसा आचरण और रिवाज़ काफी नहीं हुए
सभ्यता के भीतर सम बैठाने के लिए

सम आलाप के स्वरों में भी साधा जाता है
एक मूल स्वर होता है और उसके साथ लगता हुआ कोई और स्वर
आलाप की तान के भीतर से निकलता हुआ कोई अन्य स्वर
बढ़ाता है, आवाज़ का सौंदर्य
और चुपचाप धकेल देता है
मुख्य स्वर के अन्य सहगामी स्वरों को

सम यानी, समान
देश को यह ही बताते हैं भाषा-विद् और संविधान-विद्
जबकि उनके चलाने से नहीं चलते हैं
लोग और देश!

सम से बहुत उपयोगी शब्द है
विषम!
क्योंकि जहाँ से यह शब्द शुरू होता है
वहाँ से लोग साफ़ करते हैं, अपने चश्मे को
और
फिर देखते हैं ठीक-ठाक कि
दरअसल समस्या कहाँ है!

■

# सबसे अच्छा होगा अंत

जब पुकार का कोई अर्थ नहीं होगा
प्रतीक्षा की थकी आँखों में उतरेगा अचानक से हुई मृत्यु का अचरज
और किसी निरंतरता का अंत हो जाएगा।

जहाँ सब कुछ समाप्त होना हो जाएगी एक राहत की बात
अमरता का कोई भरोसा नहीं होगा
मोर्चे के मैदान में धूल बैठनी शुरू हो जाएगी
यह भी संभव है कि अंत को देखने के लिए कोई दर्शक ही न बचे
पर वह आएगा।

मैदान के बीचों-बीच आख़िरी सच के साहस की तरह गिरेगा
दृश्य के भीतर अंत।

अंत से पहले समय के पेंच कसे रहते हैं।

अंत के बाद समय तो होगा
पर पेड़ पर साँझ ढले लौट आई चिड़िया की तरह
उसे कहीं जाने की जल्दी नहीं होगी।

अपनी जवानी खो बैठे वृद्ध की आँखों में
छाप की तरह हमेशा बना रहेगा अंत
और अंत में
यह बात भी जान ली जाएगी
कि अंत हो जाने की महानता ही सबसे बड़ी थी।

यह अंत ही था
जिसे शून्य में बदल जाने की कला ज्ञात थी।

■

# मैं बेहोशी का एक पत्थर था

मैं कहीं ठहर गया हूँ, ओ वेदना!

मुझमें पीड़ा का डंक है
स्मृति बताती है,
कि दुःख जब आया था तब से मैं बीता ही नहीं।

कुछ दूर पर कहीं कोई सरोवर है
किश्त-दर-किश्त ठंडी हवा के हल्के पंख मुझे सहला जाते हैं
पर मेरी यात्रा के पैर में काँटा लगा हुआ है, कोई उसे निकालो
ओ गीत, ओ कविता, ओ धुन, ओ पुकार!

एक विलंबित हाहाकार से कहीं अटक गई है मेरी मृत्यु!

अब विलाप मुझे समृद्ध करते हैं
हँसता हूँ, तो लुट जाता हूँ।

ओ वेदना! तुम बदल गई हो, एक लैंपपोस्ट में।

ओ गीत! तुम्हारे दुहराव में छुपी है कितनी लज्जा, अब तुम्हें नया हो जाना है प्रिय।

ओ कविता, अस्तित्व की पहली सुगबुगाहट में
मैं बेहोशी का एक पत्थर था, फिर जाग ने मुझे छुआ!

ओ धुन, मेरी प्यारी! मृत्यु आए तो तुम्हारी डूब के भीतर ही।

ओ पुकार! मैं जानता हूँ तुम रहोगी हमेशा अधूरी ही।

ओ जीवन!
करुणा से भरे एक चेहरे के साथ अब बहुत दूर तक नहीं जाया जा सकता।
सभ्यता के इस मोड़ पर जब मासूम होना,
मूर्ख होना मान लिया गया है तो मैं चाहता हूँ एक मुक्ति।

ओ व्यक्तियो, ओ प्रेमिकाओ, ओ समकालीनो, मुझे भूल जाओ!

ओ सांत्वना!
मैं ख़ुद को भरोसा देना चाहता हूँ कि ठग लिए जाने के बाद भी
कहीं जीवन है, यहीं कहीं है।
मैं उजाले से कहता हूँ अँधेरा ओट में छिपा है। उसे रहने दो।

वहाँ किसी और का सूरज है।
वहाँ किसी और की चुप है। उसे मत छुओ,
उसे भाषा का कलंक लग जाएगा।
वहाँ एक अधखिला कमल है। वहाँ की झील का पानी अभी बर्फ़ है।
वहाँ एक नाज़ुक नींद है। वहाँ रोशनी की आँख भेदती तेज़ धार नहीं है।
वहाँ वेदना है पर यात्रा नहीं
वहाँ भूल जाने की एक सुविधा है वहाँ स्मृति का एक अंतहीन आलाप है।
वहाँ समय की कोई निर्लज्ज टिक टिक नहीं है।
वहाँ की अँधेरी गलियों में गुम है संगीत।
मैं उसे ढूँढ लूँगा।

मैं वहाँ भूल सकता हूँ, कोई कहानी
मैं वहाँ याद रखूँगा एक कविता।

वहाँ यह मिथ्याकथन कहने की एक सुविधा है
कि दिशाओं का भी होता है एक अंत।
और होता है संसार की सारी कथाओं को सुखांत देता हुआ एक ईश्वर
जो अँधेरे से बाहर एक भ्रम की तरह मिलता है।

ओ समय,
वहाँ एक ब्रह्मांड है, जिसे मैं अपनी उँगलियों पर नचा सकता हूँ।
वहाँ मेरा कोई प्रतिस्पर्धी नहीं है।

■

# आंबेडकर

एक नया देश,
जो पुराने की मृत देह पर,
बैठ विजय भाव से मुस्कुराता है।
उसने न जाने कहाँ से हर बात में जश्न और गर्व के कारण ढूँढ लिए हैं।
जबकि दस्तूरन एक नया देश तो नया ही है
यानी नया देश वह
जिसने एक नई आज़ादी पाई है!
एक नए तरह का विवेक जिसके इतिहास बोध में शामिल हुआ है।

जहाँ न्यायाधीश तक ऐलानिया हो उठे हों
कि जो भी न्याय है, अब बहुसंख्यक के हिसाब से होगा।

उन्हें शुक्रिया कहना चाहता हूँ
अपनी हड्डियों से, रक्त से
आवाज़ से, भाव भंगिमा से
पुरखों की सहमी हुई स्मृतियों से,
सड़कों पर यूँ ही गुमनाम कहीं भी भटक जाने की बची हुई आज़ादी से
और जो भविष्य बोध सामने से दिख रहा है
उसे नए इतिहास बोध से धकेल कर
नमन करता हूँ
कि आज भी देश में मर जाने के अधिकार हैं सुरक्षित!
और सोचता हूँ-

प्रभु!
यह देश तुम्हारा नाम ले-लेकर ही यहाँ तक आया है।

कि राम राज्य में नहीं थे, आंबेडकर
समूची समझदारी से समझ रहा हूँ, प्रभु!

नए देश में क्या करेंगे आंबेडकर!

तुम्हारे भक्त राम राज्य फिर से ले आए हैं
मै कतई नहीं कहूँगा कि वे कुछ भूल आए हैं
वे हज़ार वर्ष लाँघ कर आए हैं, थके मांदे

बस सोचता हूँ कि प्रभु!
नए देश की हज़ार वर्ष पुरानी स्मृति में लौट कर
क्या करेंगे आंबेडकर?

■

# अनंतता के प्रति

कुछ लोग मिलेंगे जो कहेंगे,
कि देखो अनंतता का एक फूल खिला है।
क्या मतलब है ऐसी उपमाओं का?

एक मैं भी हूँ, जो देखता हूँ अनंतता को एक शत्रु की तरह
एक बहुत मामूली जीवन के बीचों-बीच कुछ ऐसा मिल जाना
जो कभी ख़त्म ही न हो
जिसका कोई पार ही नहीं।

सौंदर्य के सुखी प्रतिमानों से बाहर हूँ
इसीलिए देख लेता हूँ, एक बहुत मामूली जीवन के प्रति साजिश
कोई चीज़ शुरू होकर ख़त्म ही नहीं हो रही है

और जबकि मैं बहुत थका हूँ
मुझे भी आराम चाहिए।

■

# स्त्रियाँ

सर्दियों में स्त्रियों को याद करो, तो याद आता है-
वे ऊन का गोला थीं,
वे स्वेटर बनकर लिपट गई थीं, मेरी पूरी उम्र से
मैंने अतीत की तमाम तिथियों में जहाँ भी झाँका, वे वहाँ थीं।

मैंने जिन स्त्रियों से प्रेम किया उन्हें भूल गया
जिन स्त्रियों ने मुझे रोने की सलाहियत दी, वे हमेशा याद रहीं।

वे घास का एक लंबा मैदान थीं
वे पहाड़ से उतरती हल्की ठंडी हवा थीं
जिन्होंने मैदानी दुस्साहस को दी एक शांत नींद।

वे वही थीं जिन्होंने मुझे सलीक़ा सिखाया
कि एक स्त्री और एक नदी से करना है कैसा व्यवहार।

मेरा पूँजीवादी मन नहीं जानता था क्या होता है नवाचार
फ़ुर्सत में बैठी एक स्त्री ने पृथ्वी का जूड़ा बाँधते हुए बताया मुझे
संस्कृति कैसे बाँधती है, रेशम की रस्सी से हमारे पैर

बाहर आँगन में कैसे गड़ा होता है सोने से मढ़ा एक खूँटा
आदिम काल से उसी खूँटे का चक्कर लगाती एक निरंतर कराह ने मुझे बताया

देहरी लाँघने और न लाँघने की उहापोह में
कैसी बूढ़ी हुई थी गर्म ख़ून से दहकती एक सोच!
जिसे सिर्फ़ देह माना गया था।

रिवाज़ और सच के बीच गिरी पड़ी है, एक औरत की लाश
उसी औरत ने जाग कर बताया-
संभोग से अपवित्र नहीं होती कभी कोई स्त्री
हम हैं, इस सभ्यता के कान
जितना इतिहास जानते हो तुम इस सभ्यता का
उतना ही लंबा इतिहास है, हमारे सुनते रहने का
हमें अब चाहिए जीभ,
हमें अब चाहिए प्रेमी,
हमें अब घरों में देर से सो कर उठना है।

वे जब कहती थीं तो बदल जाती थीं किसी कुएँ में
पानी की डूब से बाहर आती थी उनकी आवाज़।

मैंने आज तक जितनी आवाज़ों को सुना है
उनमें सबसे पवित्र आवाज़ यही है,
यही है लोरी, यही है व्यंग्य, यही धँसता है अब मेरे सीने में।

वे जब नहीं बोलती थीं
तब भी वे दुनिया को सिखाती थीं,
कि अपनी चुप के भीतर से भी कैसे बना लेते हैं- एक भाषा
वे अपने समूचे समय पर किसी व्याकरण का हस्तक्षेप होती थीं।

मैंने समय के चेहरे पर ढूँढने चाहे उनके हस्ताक्षर
तो पता चला
कि भाषाएँ नहीं जानती थीं उन्हें।

वे एक बहुत लंबी सड़क थीं
सभ्यता उन्हें रौंदती हुए निकल गई थी, बहुत आगे
अब वहाँ तक सिर्फ़ चीख़ें जा सकती थीं, आवाज़ें नहीं।

वे जिज्ञासाओं का महासागर हैं।
आप उन्हें कबाड़ का एक ढेर देकर देखिए

वे उसे घर में बदल देंगी
वह घर जिससे अपना आकार लेती है एक पूरी- सभ्यता।

■

# कुछ और हल्के होंगे पत्थर

जश्न में खोया आदमी, अभी-अभी उदास हुआ है
यह बड़ी ख़बर थी।
पहली बार यह भी जाना गया
कि पत्थर की पहली परत थी कभी एक मुस्कुराते चेहरे की त्वचा।

आँखों से झाँकता मौसम कहीं छा जाना चाहता था पर जगह नहीं थी कहीं।

यह इतनी बड़ी ख़बर थी कि भीड़ उससे अनजान रही,
पर एकांत रहे उससे हलकान।

पृथ्वी पर एक बेहद मामूली आवाज़ में किसी कंठ ने कहा-
थोड़ा और आगे बह जाओ, ओ पीले पानी की नदी!

यह इतनी बड़ी ख़बर थी कि अपने तमाम व्याकरणों और नियमों में यह
दुनिया पहले की तरह ही गतिमान रही

जो कुछ कहीं टूटा,
उसे ढक दिया गया,
यह कहते हुए कि ऐसा तो रोज़ होता है।

मामूलीपन हारते रहे यूँ ही,
आँखों के पन्ने उनकी ख़बर बताते!
पर भीतर बह रही एक नमकीन नदी को आया था, पहली बार
प्रकृति के बाहर से आए किसी आदेश को मानना।

उस उदास आदमी के समीप से गुज़रेगी अब गीली हवा।

कुछ और हल्के होंगे पत्थर
लौटेगा पानी फिर कोटरों में
सभ्यता का सबसे उदास आदमी देखेगा पर्वत की ओर
तो उसमें निकल आएँगी ऊँचाई की ओर जाती सीढ़ियाँ!

और यह बात कभी ख़बर नहीं बनेगी।
कि ऐसे समय में लगाया गया हर निशाना भेद रहा था, अपने लक्ष्य।
मुख्य स्वर से बाहर बह रहे कोरस ने खींचा है फिर से सबका ध्यान
गीतों में फिर से लौट आया है दीर्घ विराम
अब,
जश्न हुए लघु,
व्यक्ति हुए विराट।

ख़बरों से बाहर धकेला गया एक आदमी लौट आया है
उदासी की सड़क से
कामना-मंत्र दुहराते कई शुष्क कंठ,
अब चुप हुए।

अब लौटेंगी,
कुछ नई मुठभेड़ें,
भाषा थोड़ा कम बरती जाएगी
शब्द होंगे कुछ और कठोर
कौतुक झलकेगा उनकी चेष्टाओं में।

चहलकदमी में पनप रहे
मौन के सबसे मर्यादित संस्करण में भी गूँजता रहेगा एक संगीत!

■

# 'श' ख़तरे में है

हिंदी कविता के पाठ की सबसे प्रतिष्ठित जगहों में शामिल भारत भवन में
मुझे किसी ने ख़राब कविता के लिए नहीं, ख़राब उच्चारण के लिए लताड़ा।

मेरे कहने के अंतहीन अभ्यासों में शामिल थे, कुछ ऐसे शब्द
जिन्हें जीभ जब भी बोलती थी
तो मेरी नाक उस बोलने में अपना भी सुर जबरन घुसेड़ देती।

मेरी नाक जानती थी,
कि कानपुर में कैसे लड़ाते हैं गप्प,
कैसे माँगते हैं पानी,
कैसे बताते हैं इंतज़ार की चिढ़
नाक के भरोसे कैसे बनता है, रोने का स्वर
कुछ भी सोचने-समझने का ज़रूरी वक़्त गँवाते हुए
कैसे बातचीत के भीतर औचक गिर जाती है, एक अराजक गाली।

हिंदी कविता में देह को देंह पढ़ा मैंने,
चावल को पढ़ा चांवल,
सुशील को पढ़ा सुसील,
और कवि कहलाया मैं

यह मेरी नाक थी, जिसने मेरी इज़्ज़त बचाई
कि मैं ख़राब लिखने के लिए नहीं
ख़राब तरीक़े से बोलने के लिए बदनाम हुआ।

जिसने मेरी नाक पर उँगली उठाई थी
मैंने उसे शुक्रिया कहना चाहा,
पर कहते-कहते रुक गया
कि मेरी भाषा में 'श' ख़तरे में है
और मैंने यह भी जाना
कि मेरी नाक के साथ-साथ मेरी जीभ का भी अपमान होना तय है।

फिर मैंने इस हिंदी के संसार को
कभी शुक्रिया नहीं कहा।

■

# जो अनसुलझा है

किसी एक जगह पर जाने के लिए
या किसी बात को कहने की बहुत सारी कलाओं में
सिद्ध होने के लिए जिन-जिन रास्तों से जाया जा सकता था
मैं गया।

और मैंने देखा, कि अब वे सब लगभग ख़त्म होने को हैं
तो मैं लौट आया उसी जगह, जहाँ अनकहे का अँधेरा पसरा है
जहाँ से बहुत सारे रास्ते निकलते हैं
और उनमें से कई रास्ते कहीं नहीं ले जाते हैं।

भटक और ऊँघ से जूझते हुए,
कई लोग उस अँधेरे को चीरते हुए आगे बढ़ रहे हैं।

उनके हिस्से में कहने के लिए जो बात आई है
वह बात अभी तमाम गाँठों से भरी और उलझी है।
उन्होंने अभी-अभी यह बात जानी है
कि कला की कोख से बाहर आए हैं सारे आश्चर्य।

समकालीनो,
जो अनसुलझा है
मैं उसकी चमक उनके चेहरे पर देखता हूँ
और मैं यह भी जानता हूँ कि सुलझ चुकने के बाद
यह चमक कहाँ चली जाती है।

वह चमक अब मेरे चेहरे पर नहीं है।

■

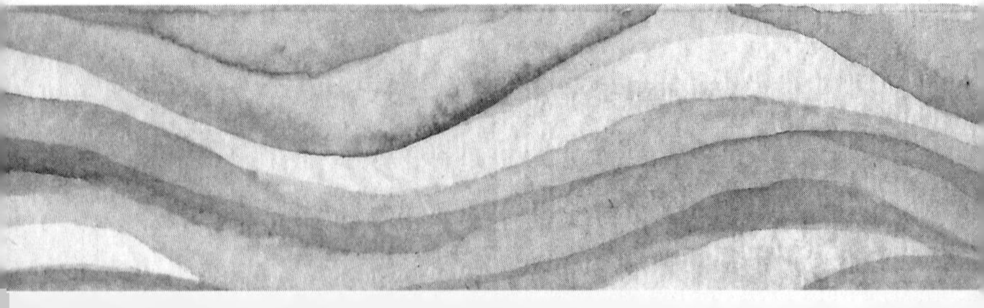

# मुलायम पानी की क़ब्र में

# आकुलमन

बचपन में मुझे चाकू की धार बनाना पसंद था
चाकू को हाथ में लेकर उसकी धार को बहुत प्रेम से देखते हुए
कभी भी हत्या का विचार नहीं आया
मनोविज्ञानी इस बात से अपना मुँह छुपा लेंगे।

आकुलमन कई बार आस-पास की कई चीज़ों को यूँ ही
पैना और मक्खन की तरह चिकना कर देना चाहता है।

कई बार वह ज़मीन को अपने पैर के अंगूठे से कुरेदेगा
क्या कोई कहेगा
उस समय उसके मन में किसी स्त्री की योनि थी?

पानी के खौल जाने के बाद भी उसे खौलते हुए देखने की इच्छा हुई होगी
तुममें कभी-न-कभी
क्या कोई यातना थी, अतीत के परदे में सोई हुई?
जो अभी-अभी तुम्हारे मन में ताज़ा हुई है।

■

# निहत्था

पराजय के मैदान के बीचों-बीच
एकदम अकेला हूँ।

मुझे प्यास लगी है और मैं पानी को नहीं, एक स्त्री को याद कर रहा हूँ।
अब थकान घुटनों की नसों से बह कर, मिट्टी की जड़ों में समा रही है।

उम्मीद के बिना भी सभ्यता में एक मनुष्य संभव है
जिसके पास कोई भी कथा कहने की बाध्यता नहीं।

कड़ी धूप और जीवन पर फटकार के प्रहार झेलते हुए-
यह सोचता हूँ
वह कितना मूल्यवान है
जिसे विजेता जीत कर गवाँ देते हैं।

■

# विचारशून्यता

यानी दिमाग़ की सुरंगों से एक महान चुप बाहर निकल कर तुम्हें घेर ले
इसे तुम शांति की पराकाष्ठा भी कह सकते हो।

यह कितनी अभेद स्थिति है कि कोई भी दस्तक,
मृत्यु से भी बड़ी चुप से तुम्हें हिला तक नहीं पाती
तो यही समय है यह सोचो
कि फिर, विचार तुम तक कैसे आते हैं ?
संभोग की थकान या मोक्ष के बाद,
दुबारा वह क्या चीज़ है जो तुम्हें तैयार करती है?

आख़िर जीवन के शून्य में
कैसे कोई कीड़ा कुलबुलाता हुआ घुस जाता है
और फिर शुरू हो जाती है बहुआयामी शोर की आवाजाही
उसी जगह
जहाँ मुलायम पानी की क़ब्र में सोया है तुम्हारा दिमाग़।

अब उस भीड़ से ख़ुद को कैसे अलग करोगे
जिसे मृत्यु तो चाहिए
पर एक बहुत महान तरीक़े से।

■

# पृथ्वी पर मोक्ष

ओ जीवन के दीर्घ,
उन आँखों को माफ़ करते चलो
जो उत्सव देखने की आदी हो चली
जिन्हें अँधेरा देखने का सलीक़ा न आया।

ओ जीवन के शिल्प,
करुणा बहुत दूर से टिमटिमाता एक दिया है।
अँधेरे की आँख में चुभता हुआ एक नन्हा सूरज
वह कई बार नहीं दिखता।
तुम्हारी बनावट में वह आँखें मिलीं मुझे
जिन्होंने ढूँढा जीवन के हर अतिरेक में बहुत दूर जलता एक दिया।
मैं अंधेरों में कभी भटका नहीं।

ओ जीवन के अंत!
जब भी आओ बिना प्रतीक्षा के आओ
और हमेशा याद रखो
एक सुंदर अंत कभी नहीं आता, प्रतीक्षा के थकाऊ रथ पर सवार होकर।

ओ जीवन के अनायास!
तय किए गए तरीक़ों से बाहर आ कर जो तुमने दिया,
वही इस पृथ्वी पर मोक्ष है।
ऊब के विरुद्ध वह तुम ही थे जिसने मेरा हाथ थामा।

■

# मैं तुम्हें आशीर्वाद देता हूँ

रास्ते के मील के पत्थर पी लेंगे, धूप से उगी प्यासी झुर्रियाँ
बंदूक के हत्थे पर फिसलेंगी हत्यारे की हथेलियाँ,
एक चौंक बनी रहेगी तुम्हारी नींद के भीतर
और तुम जब भी सताए जाओगे-
तुम्हें याद आ जाएँगी,
कुछ भूली हुई हुंकारें।

कचहरी की फाइलों में जब तुम भूलने लगोगे साँस लेने का आदिम नियम
समुद्र अपनी सतह से उठेगा,
और आ खड़ा होगा तुम्हारी बगल में।

एक आवाज़ बार-बार उठेगी तुम्हारे भीतर
जब-जब कहा जाएगा तुमसे-
चुप रहो, तुम्हें बोलने का हक़ नहीं!

तुम्हें पेड़ से ज़्यादा बीज याद आएगा,
जाने से ज़्यादा लौटना याद रहेगा,
बीतने से ज़्यादा ठहरे रहना और पीले पड़ चुके पन्नों को बचाए रखना,
जिनमे छपे हैं हत्यारे की निशानदेही के कुछ पुराने सूत्र।
तुम्हें सब कहेंगे
भूलना सबसे ज़रूरी है ज़िंदगी जीने के लिए।

तुम हर बार लौट आओगे
मोर्चे के भीतर।

तुम सड़क पर दूर से आते देख लिए जाओगे।

मैं तुम्हें आशीर्वाद देता हूँ
कि तुम्हारे भीतर का बचा हुआ संदेह हमेशा युवा रहे
और एक मजदूर की ग़ायब कर दी गई उम्र की तरह,
तुम्हें हमेशा याद रहे आसन्न ख़तरा।

आहट पर बना रहे यक़ीन
पुतले और आदमी के किए गए वादे का फ़र्क़ याद रहे।

दोगला बार-बार कहेगा करो मुझ पर भरोसा तुम।

तुम्हें आशीर्वाद है-

जब देश का सबसे चमकीला आदमी उतर आए इतिहास के सबसे बड़े भोंडेपन पर,
तुम्हें याद रहे देश के हर नुक्कड़ और चौराहे पर अपनी ज़िंदगी से जूझ रहे आदमी का खुरदुरापन।

बदलता मौसम
जिसकी नहीं घटा पाता कभी तासीर,
बार-बार उठता वह आदमी तुम्हें उतना ही याद रहे
जितना तुम्हें याद हो, ख़ुद तुम।

■

# किसी भाषा में एक शब्द है

एक अनंत है मुझे देखता हुआ
एक अंधकार है अवसाद की पहली बूँद का प्रसव झेलता हुआ
एक लकीर है अपने समाप्त होने के भय से भरी हुई
एक दिशा है जो एक बच्चे के चक्कर-खेल में कहीं भटक गई
एक संगीत है लय को डूबने के भय से बचाता हुआ
एक जीवन है जो औपचारिकता से हाथ छुड़ाना चाहता है
बहुत सारे रंग हैं मिलकर एक दृश्य को रचते हुए
एक भटक है कहीं बस जाने के स्वप्न से भरी हुई
एक कविता है जो कभी समाप्त नहीं होती
एक इच्छा है मेरी-
जो पूरी न होने पर भी सुख देती है मुझे।

किसी भाषा में एक शब्द है- अबोले की आँखों से झाँकता हुआ
मैं उसका अनुवाद नहीं चाहता हूँ।

दृश्य में एक गाढ़ापन है, उदासी के रंग को हल्का करता हुआ एक प्रस्थान है
जो किसी और जगह पर आगमन की आवभगत रच देगा।

बहुत सारी चीज़ें हैं, जो बदल रही हैं।
इन्ही रद्दोबदल के बीच एक आस है जो कभी नहीं थकती,
आस से भरी आँखें देखती हैं जिस दृश्य को
वह अपने बीतने में सबसे धीमा है।

एक आवाज़ है जो पुकार के व्याकरण में बदल जाएगी
पानी की बसावट में एक पत्थर गिरेगा
और याद की एक सुरंग बन जाएगी।

कल्पना का एक कैनवास होगा
जो नहीं हुआ होगा, वहाँ उसके होने के रंग मिलेंगे।

■

# दुःख की कविताएँ

## कुर्सी

चल-फिर रहे कूल्हे के लिए दो बाई दो का लघु बिस्तर बनती
वह भूलती है
पैर के पंजों से आ रहा रक्त हो गया है- बाधित
पंजे में भरा है
सड़क का समूचा ताप

निढाल हो रही आँखें चाहती हैं
कुर्सी का बिस्तर हो जाना
जो वह नहीं हो पाती।

वह एक छोटी प्यास बुझाती है
एक घूँट नींद बनती है
और थकान के अगले संस्करण के लिए बिछड़ती है।

वह टुकड़ों में प्रेम करती है।

■

# पालतू कबूतर

वह बारिश में नहीं होते
वह सुरक्षित मौसम की गोद में रचते हैं,
खेलता हुआ एक चित्तीदार आकाश

ठिकाने से उठते हर बुलावे-डाँट पर
ठिठकते-ठिठकते लौटते हैं

हवा से उनके तार
कई गाँठों से मिलकर जुड़ते हैं

■

# लिखना

बहुत सोचने के बाद
तराज़ू पर नपा-तुला एक वाक्य
पीला होकर मर जाता है

फिर एक दिन
उसे हवा लगती है

फिर उसे एक पूर्व-कथन की तरह पढ़ा जाता है

फिर उसे एक मर चुके पूर्वज की तरह
हिचकिचाहट के साथ
डायरी में दर्ज कर दिया जाता है

जिसका कोई वारिस नहीं है।

■

# बक्सा

वह घर का सबसे ज़रूरी सामान था

वह बार-बार खुलता था
और बार-बार बंद होता था

कई बार,
उसके ताले के भीतर से आँखें निकल आती थीं
जो घर के तमाम लोगों से अपनी नज़रें मिला कर कहतीं-
ठीक है सब?

बहुत बार उसके भीतर कोई सामान नहीं होता था
सिर्फ़ हवा होती थी।

और
आश्चर्यजनक रूप से,
एक पूरा घर उससे अपनी साँसे लेता था

■

# उस दृश्य के भीतर

पिता,
पके हुए घाव की पीड़ा बनकर स्मृति में आते थे
और बिना माँगे ही
कुछ ख़र्च डाल देते थे, जेब में।
घर की सारी चिंताओं को सोख लेते थे वह
बिना बताए ही।

फिर छन्न-सी एक विघ्न अपहरण-ध्वनि से
वह धुँए में बदलते थे।

पिता पहले सिर्फ़ पिता थे और उपलब्ध थे।

पिता अब यथार्थ में छूट चुकी एक रेलगाड़ी हैं
जिसकी पूँछ दृश्य के भीतर दबी है।
रेलगाड़ी जाते-जाते भी नहीं गई है पूरी तरह से।
उस दृश्य के भीतर हम छूट गए हैं।

और,
उपस्थिति के तमाम छलावों के बाद भी,
अनुपस्थिति की सबसे क्रूर भाषा में बातचीत करते
धुँए में बदल रहे
एक वज़नदार पिता हैं

जो अब स्पर्श की पकड़ में नहीं आते हैं।

■

# कम-ज़्यादा

जो ज़्यादा था
वह बहुत बार ज़रूरी भी होता था

चूंकि वह उपलब्ध था
तो उसके होने में कोई जादू नहीं था।
ऊब थी।

जो कम था
जिसके कम होने से कुछ भी घटता नहीं था
पर जिसकी अनुपस्थिति का संगीत हवाओं पर तैरते हुए
सभी दिशाएँ पार कर जाता था।

महानता का सबसे बड़ा जादू वही रचता था।
प्रतीक्षाएँ उसी के लिए बूढ़ी हो जाती थीं।

जो अनुपलब्ध था- वही बुनता था
ज़रूरी के लिए एक ग़ैर-ज़रूरी हाशिया!

■

# सुख

वह यूँ तो बार-बार आता था
पर बुलाए जाने पर कभी नहीं आता था।
वह संयोग की तरह अचानक से फूटता था
और दुर्योग के कुँए में,
अचानक ही कूद कर मर जाता था।

वह ग़ायब तो ज़मीन पर होता था
पर उसे ढूँढने के लिए आँखें आकाश छानती थीं।

फिर दुःख आता था
हमारी इस बात की सबसे बड़ी गवाही बनकर
कि सुख कैसा भी हो-
अंततः हमें ऊब ही जाना है।

हमारे सुख का सबसे बड़ा रक्षक
दुःख ही था।

■

# क्या है दुःख

एकटक देखने से
आषाढ़ में बढ़ आई नदी उकसाती है
कि मुझमें कूद जाओ
करो आर-पार की आज़माइश।

पहाड़ की चोटी तक चढ़ जाने के बाद
तेज़ हवा के थपेड़े बताने लगते हैं
कि रुई से हल्के हो तुम

लगाओ छलाँग,
और हो जाओ दिशाओं के पार!

बारिश, रुकी हुई किसी रुलाई का बटन ऑन करती है
और ग़ौरतलब बात यह है
कि उसे छुपा भी जाती है।

समुद्र
अपने किनारों पर बैठी मूक आत्माओं में भरता है मौन!
या फिर अपना महान शोर
कभी नहीं बताता।

फिर भी आप पूछते हैं मुझसे
कि दुःख क्या है?

■

मानो था
एक बर्फ़ से बना
अँधेरा यहाँ

# बहुत दूर

एक मुकम्मल चित्र है-
ध्वनि नहीं है उसमें और प्रकाश भी है कुछ धुँधला-सा।

उस चित्र में दूर तक देखा जा सकने वाला एक दृश्य है
दो व्यक्ति हैं, उस चित्र में
एक-दूसरे की मौजूदगी से आश्वस्त हैं।

अभी संदेह नहीं पनपा है उनके बीच
कोई आहट होगी तो भी वे नहीं घूरेंगे एक-दूसरे को
वे रंगों के बारे में जानते हैं
पर फिलवक़्त बिना रंगों के मुकम्मल हैं
वे दोनों।

उस दूर तक देखे जा सकने वाले दृश्य में
वे जाएँगे बहुत दूर तक।

■

# मरे हुए लोग

वे अक्सर जंगल से गुज़रते हुए
या नदी के भीतर की डुबकी में हमारे सामने आ खड़े होते हैं
दरवाजे की ओट से झाँकते हुए दिखते हैं, अचानक।

किसी पुराने ऋणपत्र के भीतर से यातनाग्रस्त,
वह चीख़ बैठते हैं रात-बे-रात
अँधेरे में खड़े पेड़ की भाषा में वह यदाकदा आवाज़ भी लगा देते हैं हमें।

कभी-कभार वह पानी की जाग के भीतर से हमें हाथ हिलाते हैं
उन पर बरसों की जमा धूप अब ठंडी हो चुकी हैं।
वह तिथियों की बंद खिड़कियों से बार-बार हमें झाँकते हैं
हम घर से निकल जाते हैं तो रास्ते की धूल के साथ
वह लौटते हैं वापस हमारे घर।
घर लौटने पर लगता है दीवारों पर सोई है एक चिंतातुर प्रतीक्षा
अभी-अभी मानो था एक बर्फ़ से बना अँधेरा यहाँ
हमारे लौटते ही वह पानी बनकर नहीं
हवा बनकर निकल गया खिड़कियों से।

हम घर के भीतर चलते हैं,
तो लगता है कोई राख चिपकती है हमारे तलवों में
हमारा शरीर गर्म हो जाता है।

■

# पानी

(1)

पानी के पास स्मृति थी
पानी जितना गहरा स्मृति उतनी ही साफ़

हवा के पंख जितना पानी को सहलाते,
पानी पर ठहरी लहर-
उतना ही साफ़ करती थी, स्मृतियों के जाले।

पानी,
अपने झरने का सबसे आदिम गीत
अकेले में ही गाता।

■

(2)

पानी किसी को नहीं बताता था
कि उसके भीतर आग है।

पर जब आग के रण में कोई उसे उतारता
तो दुनिया,
देखती थी फिर
आग का रौद्र बहुत कम है
पानी का तांडव बहुत बड़ा।

आग के भागने के निशान
फिर ख़त्म हो चुकी कहानियों के भीतर मिलते
इस दुनिया का इतिहास बस इतना ही-

पानी से पैदा हुई, कहानियाँ
आग से ख़त्म हुई, कहानियाँ!

■

(3)

ईश्वर के अनुपयोगी अवतारों के जाल में
जितनी बार भी उलझती थी दुनिया
पानी ही बताता था,
उसका हर अवतार है काम का।

निठल्ले,
पानी को किनारे बैठ कर घूरते थे
और बारिशों में इस दुनिया को बताते थे
कि पानी में गाँठ पड़ चुकी है।

निठल्लों को क्या पता,
दुनिया के इस सबसे पहले दार्शनिक को आता है
अपनी हर गाँठ को फोड़ देना!

■

(4)

पानी सब कुछ भुला देता है
पानी कुछ भी भूलने नहीं देता

ऐसी ही विरोधाभासी पंक्तियों में ठीक से पता चलता है
पानी का जादू।

पानी को याद हैं सबसे ज़्यादा कहानियाँ
अगर पानी से प्रेम चाहिए तो बीज बनकर उसके पास जाओ।

पानी को हत्याएँ पसंद नहीं
इसलिए पानी की भी हत्या नहीं हो सकती।

■

(5)

पानी है मेरा पहला पूर्वज
पर मैंने उसे पूर्वजों की तरह नहीं देखा

मैंने भाषा को देखा-

पानी की तरह!

■

(6)

उदास होने के सभी सूत्र
पानी के पास थे

पानी की एक बूँद जब सूखे में उतरती
तो उसकी ख़बर, सबसे बड़ी ख़बर होती।

पानी के पास संशय कभी नहीं होते थे।
उसके पास-
सिर्फ़ प्रमाण थे!

■

(7)

इस पृथ्वी की हज़ारों-हज़ार नस्लों ने यहाँ का पानी पिया है
पर पानी आज तक जूठा नहीं हुआ।

न जाने कितनी बार,
पानी ने थकी हुई सेनाओं के मुँह धोए हैं
न जाने कितनी बार उसने इतिहास की प्यास बुझाई

वह आज तक नावों को पैर देता आ रहा है
उसने पृथ्वी की सबसे भुलक्कड़ नस्ल को
बार-बार याद दिलाया

कि उसने अपनी हर भाषा में सबसे पहले बोला था- माँ

फिर बोला- पानी।

■

# अजेय

वह हार थी,
जब वह एक तर्क में नही, एक भीड़ में बदल गए।

वह हार थी, जब भीड़ ने उसे अकेला किया
जब भीड़ कह रही थी कि हमने तुम्हें मज़ा चखा दिया।

वह हार ही तो थी, कि वह पिटता रहा
और
कहता रहा-
तुम जिसे आदमी की तरह पीट रहे हो
दरअसल वह एक विचार है!

■

# तुम न दिखो

देर तक दिखने से
दिखने में कुछ भी नया नहीं बढ़ता।

तुम धुँए से बाहर आते हुए दिखते हो, धीरे-धीरे
तुम बीमारी से उठ खड़े होते हो और दिखते हो एक विजेता की तरह
तुम संसार के सबसे उदास आदमी की तरह दिखते हो।
प्यार में पागल आदमी की तरह प्रतीक्षा में गले तक धँसे दिखते हो।

यूँ दिखना तुम्हारे दिखने के शानदार तरीक़ों में शामिल है।

इस सभ्यता की सबसे जिज्ञासु नज़रें टिक जाती हैं तुम पर
तुम दृश्य में देर तक बने रहते हो
तुम दृश्य में बार-बार उसी तरह से चले आते हो
तुम देखने वाले को बार-बार घसीट लाते हो ख़ुद के दिखने के भीतर।

बार-बार दिखने से एक दृश्य घिसता जाता है
ऊर्जा से भरा एक दृश्य बार-बार दिखने की थकान से थक जाता है।

फिर देखने का एक सर्वमान्य और प्राचीन नियम याद आता है-
सभ्यता की सबसे कौतूहल-प्रेमी आँखें
थक चुकी चीज़ों से अपनी नज़रें घुमा लेती हैं।

(देखने के समूचे इतिहास में यह बात पानी में नमक की तरह घुली है)

अगर तुम्हारे दिखने के तरीक़े में शामिल हो यह सब
तो बेहतर है कि तुम न दिखो।

■

# विद्रोह की आदि संतानों का कुल गीत

अकारण आक्षेप के कभी न बीतने वाले मौसम के भीतर
वह एक घटना की तरह पाए जाते थे

उनके अस्तित्व को कड़ी नज़रों से घूरती एक सभ्यता
उनका रहनुमा होने के दावे करती कभी नहीं थकती थी

वह बारिश में सूखे बच गए खेत की तरह कलपते हुए
पीड़ा और दुःख की नियति के भीतर अपनी सारी यात्राएँ तय करते थे।

अपने अस्तित्व की तमाम निगरानी के बाहर
वह बिना सेंध लगाए चुपचाप खप जाते थे।

वह दृश्य के भीतर उम्मीद पर खरे उतरने का गीत गाते मिलते
और थकावट को किसी धर्म की तरह जीते।

धर्म उन्हें एक भूल की तरह देखता था
वह धर्म को एक कवच की तरह देखते
धर्म को धारण करने के स्वप्नों के साथ वह
अपने दुःख,
अपने गीत,
अपने दृश्य से एक साथ विदा लेते,
उनका गोत्र कभी विदा नहीं होता था
वह हर सदी में यूँ ही पैदा हुए और बड़ी आसानी से ख़ारिज कर दिए गए।

उनके ख़ारिज होने में तर्कों से ज़्यादा मनुष्यभेद का हाथ रहा
वह हर बार अपने होने के दावे पर नए तर्क गढ़ते थे

धर्म हर बार एक बहुत पुराने बूढ़े की भाषा में उनसे संवाद करता था,
बहुत बार भाषा समझ में आ जाती थी
जन्म-भेद उनकी समझ से बाहर ही रहा।

उनकी हर विदा,
उनकी सामूहिकता से उन्हें कभी नहीं हटा पाई
वह हर गिनती में घटते, हर मौक़े पर अनुपस्थित मिलते,
चौराहे-चौपालों में भीड़ के भीतर ख़ुद को खपाए रखने की
एक मात्र जुगत ही उनका हासिल थी।

उनके गीत अक्सर गाँव के दक्षिणी कोने से उठते
और सीमा के आस-पास भटकते
वह हवेलियों और मंदिरों के विशाल विस्तार को देखते
और अपने लोक धुन की आवाज़ को धार लगाते।
सभ्यता के हर उत्सव में वह अपना गीत,
गाते हुए गाँव के बीचों-बीच चले आना चाहते थे

वह प्रतीक्षित ही रहे
उनकी संतानों को यही एक विरासत मिली
जिसकी स्मृति में उनकी आँखें लाल पड़ जातीं
साँस धौकनी की तरह बढ़ जाती
बदस्तूर पिछली पीढ़ी का छोड़ा हुआ
उनके कुल गीत का अलाप एक बार फिर अपनी तान पकड़ता है।

जबकि उसे पता है-
सभ्यता की तमाम गिनतियों से ख़ारिज होने का उसका एक निजी इतिहास है,

वह बचेगा अब भी नहीं।

■

# तुम्हारी ही तरह

वे कहते हैं, हत्या करना एक ख़राब बात है
फिर वे बताते हैं किस रंग के कपड़े पहन कर आते हैं हत्यारे
उनकी दाढ़ी कैसी होती है
उनकी रोटी का तवा होता है किस कदर उल्टा
कपड़े और बोली तक से वे बता देते हैं कि ऐसे ही होते हैं हत्यारे!

फिर वे देखते हैं सुन रहे लोगों की आँखों में
आँखों में झाँक कर वे फिर बताते हैं
कि हत्यारे पहचाने जा सकते हैं अपनी इबादत के समय भी,
वे जब भी इस मुल्क के लिए दुआ माँगें-
तुम उन्हें देखना कड़ी नज़र से और जान लेना कि वे तुमसे कितना अलग हैं।

तुम्हारे बच्चों के सिर पर दुआ का हाथ फेरते हुए
वे बुदबुदाते हैं एक ऐसी अबूझ भाषा
जो तुम बिलकुल नहीं जानते हो।
फिर वे कहते हैं कि जो कुछ भी तुम नहीं जानते,
उससे बहुत श्रेष्ठ है तुम्हारी संस्कृति, धर्म और रिवाज़
जिन्हें नहीं जानते तुम।

वे कर सकते हैं किसी भी तरकीब से तुम्हारी हत्या।
वे जो तुम्हें बता रहे हैं कि हत्या करना एक ख़राब बात है
अपने विश्लेषण में हैं इतने बारीक
कि वे ले जाएँगे तुम्हें इतिहास के किसी अनाम टीले पर,

और बताएँगे कि तुम्हें पहली बार यहीं पर मारा था हत्यारों ने
हत्यारे जो अब घुस आए हैं
तुम्हारे बच्चों के स्कूलों में,
राशन की कतारों में,
मतदाता सूचियों में,
उन्हें बसों, रेलों और सड़कों की रोज़ खपती भीड़ में गुम मत होने दो
जीवन के बेस्वाद अनुभव से है उनका भी मन तुम्हारी ही तरह खट्टा,
पर तुम पहचानो उन्हें
वे तुम्हारी ही तरह ऊब कर पसर जाते हैं कहीं भी
आधी फ़िक्र और आधी जाग में गड्डमड्ड हो कर,

तुम अपनी नींद के भीतर भी रहना उनसे सावधान।

हत्यारों ने साझा कर लिया तुम्हारे हिस्से की हवा, धूप, ज़मीन और थकान
जीवन की किसी अभाषिक मार की बिलबिलाहट से आ निकलते हैं
उनके भी आँसू यदाकदा
अब उन्हें भी तुम्हारी तरह रातों को नींद नहीं आती।

वे हत्यारे हैं जो रो रहे हैं तुम्हारे ही दुःख में तुमसे लिपट कर
वे तुम्हारे ही बुज़ुर्गों को सड़क पार करा रहे हैं
तुम्हारे ही घर में सुबह का दूध बाँटने आते हैं, हत्यारे
वे तुम्हारे ही उत्सवों में डूब गए हैं हँसी से लबालब।

वे जो हत्यारे हैं वे अब करने लगे हैं तुमसे बहुत बहुत प्रेम
तुम उन्हें यह बार-बार याद दिलाते रहो कि यहाँ के नहीं हो तुम,
कहीं और से आए हो तुम हत्यारो!

वे जो कहते हैं हत्या करना एक ख़राब बात है
यह बात वह तब तक बताते रहते हैं जब तक कि
सुन रहे लोगों की आँखों में हत्या का ख़ून न उतर आए
वे गुस्से से चबाने न लगें अपनी स्मृतियों के नाख़ून

वे जो यह सब बताते रहते हैं, जानते हैं
कि लोगों में हत्या कर देने का जुनून पैदा करना है, एक आसान कला।
और हत्या करना है एक बहुत ख़राब बात।

यह सब कह कर
वे बहुत आसानी से धो लेते हैं, समकालीन हर हत्या से अपना हाथ
और इशारों में बता देते हैं कि वे जो हत्यारे हैं,
वे धोते हैं, उल्टी हथेलियाँ।
■

# काला

सब उसे भूलने को कहते पर
यदाकदा याद भी दिलाते।

अँधेरा उसे प्रिय था
क्योंकि ख़ुद के देखे जाने का भय वहाँ नहीं था
टटोलने, अंदाज़े लगाने और
आहटों की दुनिया में वह था बाकी सबके जैसा।

धीरे-धीरे उसे समझ आया
कि जिन जगहों को देखा जा सकता है
वह सब मेकअप से भर दी गई हैं।

उसने सोचा कहे सबसे
कि अँधेरे में यातना बदल जाती है, लैम्पपोस्ट में
रोशनी का पहला फौव्वारा उधर ही खिलता है
जिसकी कोई जड़ बाहर से नहीं आई।

उसने सोचा कहे सबसे
पर देखा कि आवाज़ भी देखी जा सकने वाली वस्तु में बदल गई थी
उसका भी हो चुका था मेकअप!

और फिर उसे
अपने ही फव्वारे में भीगना पसंद आया।

■

# मैं छीन लेता हूँ तुम्हारा तिथि-बोध

# ग़ैरज़िम्मेदार नायक के लिए

प्रेम करने के बहुत सारे तरीक़ों में से
एक तरीक़ा यह भी है
कि अपनी भाषा का हाथ पकड़ कर
लोक-कथाओं के भीतर जाया जाए
और पकड़ा जाए उस ग्राम्य-नायक को
जिसने छीन ली थीं,
अपने समय के सबसे सुंदर सोलह हज़ार चेहरों से
उनकी आँखों की पुतलियाँ।

उसके समय की सबसे सख़्त भाषा के साथ उसे बताया जाए
कि तुम्हारे समय में छोड़ी गई निष्फल प्रेम की गर्म उच्छवासों ने
हमारे समय के प्रेम को जला दिया है।
जबकि यह सिर्फ़ तुम्हारे हिस्से की थीं।

उसे बताया जाए कि तुम्हारे समय में आकाश ने उठाया था
उनकी प्रतीक्षाओं का भार!
उन सारी प्रतीक्षाओं की प्रेत-छाया उतरी है
अब हमारे चेहरों पर।

बताया जाए कि
स्त्रियों ने उस समय का जमा सारा कोयला निकाल लिया है
और उसे डाल दिया है हमारे समय के भीतर।

बताया जाए
कि उन्हें तुम नहीं मिले
उन्हें तुम्हारे प्रतीकों के रूप में हम मिले!

प्रेम करने के सबसे आदर्श तरीक़ों में
एक तरीक़ा यह भी है कि प्रेम के भीतर
जवाब-तलबी की एक जगह छोड़ी जाए
और 'नायकों' को कथाओं के अभेद-कवच से निकाल कर
एक आदमी की तरह खड़ा किया जाए
और,
कड़ाई से पूछा जाए-
किसी एक के क्यों नहीं हुए तुम?

■

# कला यूँ ही चली आएगी मेरे घर

मेरा दुःख आ कर ठहर जाता है, मेरी देह पर
मेरा दुःख नदी है
मेरी देह उसे संभालता कोई घाट।

बुखार एक नींद की तरह उतरता है मेरी देह पर
फिर जाग होती है
फिर मेरी देह हो जाती है- एक नदी।

इसी समय मुझसे माँगा जा सकता है एक बहुप्रतीक्षित मोक्ष
डाले जा सकते हैं मुझ पर अनेक दोष
की जा सकती हैं, मुझसे अनंत आदिम प्रार्थनाएँ-

इसी समय मैं छीन लेता हूँ तुम्हारा तिथि बोध
संध्या और प्रातः के भ्रम मैं ओढ़ता हूँ ठीक इसी समय
बहुत धीमा एक अलाप गूँजता है मेरी ही देह के किसी छोर से
इसी समय मैं भूलता हूँ
इस सभ्यता में होती है कहीं भी कोई मृत्यु
या फिर भूलता हूँ कि शून्य किसी ख़ाली जगह का नाम है
अब हवा एक ऐसी चीज़ है जिसमें भार है।

मैं अपने दुःख का भार भूलता हूँ।

अब मुझे किसी रियाज़ की ज़रूरत नहीं
कला यूँ ही चली आएगी मेरे घर

यहाँ उदासी भी अब एक सुख की तरह जानी जाएगी।

■

# मैं एक उदास शब्द था

अभी-अभी,
मौसम की डाल से, मैं एक मुहावरे की तरह पक कर गिरा
मैंने देखा उससे पहले मैं एक उदास शब्द था।

अभी-अभी,
सोच की एक अँधेरी सुरंग में मेरी भटक ने
मुझे देखकर अपना हाथ हिलाया
मैं सोच की जड़ से टूट कर बाहर निकला।

अभी-अभी, सन्नाटे के एक सहनशील मैदान में
आवाज़ के धमाके से मैं गिरा
मैंने देखा सन्नाटे के उस मैदान में
मैं एक ज़िंदा बम की तरह घूम रहा था।

अभी-अभी, दिन की नीरसता में ख़बर की एक बारिश है
अब लोग मेरे बारे में बातें करने लगे हैं,

अभी-अभी, मैंने देखा
पहले-पहल मैं एक अदना सा आदमी था
मैं अब एक घटना हुआ।

■

# कराह

उसके दृश्य का अँधेरा
मेरे दृश्य पर उतर रहा था
जब मैंने उससे कहा- कहो

मेरे हिस्से की रोशनी उतर रही थी उसके दृश्य पर।

उसकी चुप्पी में,
अब शामिल थी मेरी भी चुप्पी
मेरी भी सहमति
और शामिल थी मेरी भी ढकी-दबी दुर्बलताएँ।

यह साँझ का वक़्त था
और दोनों तरफ़ से दिख रहा था
एक ही जैसा दृश्य
और कुछ भी कहने की अनिवार्यता से मुक्त

एक कराह!

■

# पैरालाइज़्ड पिता के लिए

'पिता नहीं रहे' से बहुत भयानक वाक्य है
'पिता किसी काम के नहीं रहे'।

ज़िम्मेदारियों का निर्मम पलड़ा और भी ज़्यादा भारी होकर
उस कंधे की तरफ़ झुकता है
जो निहायत नया है
नाज़ुक है और हकबकाया हुआ है।

कुछ लोग अपनी उम्र से जवान नहीं होते हैं।
उन्हें बड़ा कर देते हैं
हाशिए पर चले गए पिताओं के दृश्य!

जब एक पैरालाइज़्ड पिता, धीरे-धीरे बाहर आते हैं कोमा से
वह उस दृश्य को पहले चकित होकर देखते हैं।
फिर बहुत दुःख से देखते हैं
और अंत में,
नियति के द्वारा अचानक से धावा मार कर
गिरफ्त में ले लिए गए एक निरीह शिकार की तरह।

वह पहले आकाश को देखते हैं।
फिर ख़ुद को देखते हैं।

वह उस दृश्य के भीतर सबसे निर्मम उपस्थिति बन जाते हैं।

उस दृश्य से बाहर जाने के सभी रास्ते बंद हैं
उस दृश्य के भीतर जितनी भी घड़ियाँ हैं,
सब बहुत धीमी चलती हैं।

वह एक दृश्य ही होता है जो एक तेज़ छलांग में
झिंझोड़ देता है
एक बचपन को
वह बचपन जो एक ही झटके में युवा हो जाता है
ठीक अगले दृश्य में।

तब कोई नहीं कहता
कि यह अभी बच्चे हैं, थक जाएँगे।

तब कोई नहीं कहता
कि 'पिता नहीं रहे' से बहुत भयानक वाक्य है
कि 'बच्चे' अब बच्चे नहीं रहे।

■

# कहीं मिल गया नंगा एक हड़कंप है

मुझे जाग के भीतर दिखते हैं, मटमैले दृश्य
धीमा संगीत,
बेसुरे स्वर में करुणा का आलाप भरती स्त्रियाँ
नदी और पास दिखने लगती है।

जाग में मिलती है, रोशनी की छुवन
अँधेरा कितना ठंडा है यह जाग में घुल कर बता देती है देह।

एक सोती हुई देह, अधमुँदी आँखों से दुनिया देखती है
करवटों में छुपे हुए उसके कान सुन लेते हैं, एक अनमना सच,

पत्थरों पर सिर टिका कर उनकी साँसें सुनो तो जानोगे
कुछ जानदार देह अपने स्पर्श में पत्थर हैं।

जाग की पहली ख़बर से सब हैं चौकन्ने
नंगे के नंगेपन की फ़िक्र हो उठती है।

उसका एक भूलोक है
तुम्हारी जाग से उसकी पहचान में ख़तरे हैं
उसे चाहिए वस्त्र
अगर नहीं
तो उसे चाहिए तुम्हारी नींद या मृत्यु।

इस सभ्यता में कहीं मिल गया नंगा एक हड़कंप है।

अधमुँदी आँखों से जाग का स्वागत करो

जो खुली आँखों से दिखता है सभ्यता का सबसे योग्य आदमी
अधमुँदी झिर्रियों से देखो,
उसे नंगा नाचते हुए।

उसके स्तन नहीं हैं पर वह तुम्हें दिखाएगा,
अपने अविकसित मर्दाने स्तन
उन्हें घंटी की तरह हिला हिलाकर बताएगा
कि सभ्यता के कान बहुत कमज़ोर हैं।

तुम चीख़ना मत, बहरे बन जाना!
यही उसके साथ तुम्हारे समकालीन होने की पहली शर्त है
वह इतना महारथी है
कि अपनी एक करवट में है अश्लील
तो दूसरी में सभ्यता का सबसे दुलारा, एक भद्र आदमी!

आधी नींद और आधी जाग में ही वह होता है बरामद
उसके लिए नींद सिर्फ़ एक पहर का ही नाम है।

प्रेम क्रिया के तौर पर उसके लिए बस एक गिनती है
वह गिनता है बार-बार,
उसके मुस्कुराते चेहरे से झाँकने लगता है एक अश्लील विजेता।

वह कहता है
उसकी आग से मिलती है तुम्हारी आग बहुत हद तक
यह एक सफ़ेद झूठ है पर कोई कहता नहीं।

अधमुँदी आँखों से उसे जब भी देखोगे तो पाओगे
उसे राख़ हो जाने का सलीक़ा नहीं।

उसे भय है
कि एक दिन बारिश होगी
और धुल जाएँगे उसके सारे रंग

फिर अधमुँदी आँखों से भी दिखेगी उसकी देह से झरती राख़।

उसे तिथियों के अनुक्रम पसन्द नहीं
पहले जो हुआ, वह बाद में हो जाए या फिर ठीक इसका उल्टा हो।

उसका यथार्थ उसके हाथ नहीं आया।
वर्तमान के नाम पर उसके पास है सिर्फ़ चालाकियों का पिटारा
अपने समय से भाग निकलने की कल्पना को वह भविष्य मान बैठता है

वह यह मानता ही नहीं
कि भविष्य भी एक क़िस्म का 'समय' ही है।

■

# अनिष्ट

मेरी नींद में आधी जाग घुली है
पूरी जाग में घुली है, एक अश्लील धुँध।

यह सिर्फ़ कहने की बात है कि संसार में नहीं है कुछ भी अश्लील,

फिर भी आधी रात मेरी उँगलियों को याद आता है
कितने दिन हुए मिट्टी के स्वप्न नहीं आए!

नहीं आए बादल,
नहीं मिले संकेत,
आद्रता किसी पुकार पर अब नहीं आती दौड़ी हुई
करुणा-ग्रस्त चेहरे बदल गए हैं, पथरीली कलाकृतियों में।

अब दिखते हैं रगड़ खाए नग्न देहों के चेहरे
दृश्य से किसी चित्रकार ने वापस खींच लिए हैं उदासी के तमाम रंग
मैं चमकदार रंगों को आधी रात में नहीं देखता
मैं आधी जाग को छोड़ता हूँ बीत गई तिथियों के हवाले
और मृत्यु से कहता हूँ
मुझे सुबह तक की नींद दो!

संकेतों में मिलता है मृत्यु का पता
संगीत के सभी उत्सव मौन में बदलते हैं,

वृक्ष की पत्तियों में बनने लगी हैं घूरने वाली आँखें
हवा में घुले हैं ज़हरीले डंक

दीवार पारदर्शी हो चुकी हैं
यह दिन का दृश्य है जब मैंने ढूँढ ली है एक नदी
जिसे नहीं पता है कि किनारे कैसे तोड़ते हैं

मैं मिट्टी पर कदम रखता हूँ कोई शीतलता हड्डियों में नहीं दौड़ती है।

चारों तरफ़ से घिरा आदमी जब भूलने लगता है
शील और अश्लील के मायने
तो वह घबरा जाता है।
फिर सारे आरोप लगते हैं एक ताज़ा उतरी धुँध पर
जिसने घेर लिया है
आहटों से भरा एक पूरा इलाका।

अब हर चीज़ को देखने का मतलब हो गया है- घूरना
अग्नि से नहीं बन रही अब कोई छाया
ईश्वर का नाम किसी को याद नहीं

अब एक शब्द आता है और फुसफुसाहट में बदल जाता है।

■

# फिर से

वह एक बार में बीता हुआ समय नहीं था।

वह किश्तों में बार-बार लौटता था
और बीत जाता था।

उसके बीतने के क्रम के भीतर हमें कभी संदेह ही नहीं हुआ।

हर बार लगा
कि वह गुज़र गया है ठीक-ठीक।

फिर देखा हमने कि हम ठीक से देख नहीं पाए थे
इसलिए वह फिर से लौटा!

■

# मिज़ाज से लगभग अपराधी

वे जो थक कर मर गए एक अदद भूख और नींद के लिए
जिन्हें यह सभ्यता भूल गई
उनकी याद की एक सुरंग खुलती है
मेरे स्वप्नों के भीतर।

मैं मर जाऊँगा पर थकूँगा नहीं
अदम्यता एक सर्प की तरह लिपटी है मेरे श्वासों के आवागमन पर
मेरे जीवन की धूप पर वे छाए हैं
आकाश देखते हज़ार पीढ़ी गुज़री है मेरी
जानता हूँ बहरा है ये...

मैं अपनी चेतना में अभिशप्त हूँ मेरे लोगो।

अंतहीन पराजयों की गिनतियाँ भूल जाऊँगा
और याद रखूँगा
सभ्यता का वह मानचित्र
जिसके भीतर कभी भी कुछ भी नहीं था मेरा
न मेरे बाप का
न ही मेरे किसी पुरखे का।

मैं जात से खटिक हूँ
मेरा बाप सुअर से भी ज़्यादा जानता था
उसकी पीठ पर उगे अड़ियल बालों का समूचा व्याकरण।
संसार में जितने भी चित्र हैं
उनके भीतर है मेरे बाप की थकान
श्री किशन मिस्त्री जानते थे, कूँची के भीतर बाल भरने की कला।

मैं द्रष्टा हूँ, देख रहा हूँ,
बीत गए के भीतर की सारी बेइमानियाँ।

इस सभ्यता के एक छोर से दूसरे छोर तक
दौड़ा-दौड़ा कर थकाया गया है मेरे पुरखों को
बेगार से थकी कमर के साथ समय से पहले ही उम्र जिन्हें कर रही है बूढ़ा
वे थोड़ा सनक से गए हैं फिर भी माता की चौरी पर चढ़ा रहे हैं
छौने की बलि
माता भी आकाश की तरह बहरी है, नहीं सुनती कुछ भी।

मैं सनकी से बड़ा सनकी हूँ
और ज़्यादा नैतिक होते हुए अगर कहूँ
तो हूँ लगभग पागल।

ख़ारिज करता हूँ
सभ्यता के सारे नियम, सारे ईश्वर
वे सब मिल कर भी मेरे बाप की झुकी कमर सीधी नहीं कर सकते हैं।

मुझे मार्क्सवादी हिंसा से परहेज है, मेरे लोगो
पर मैं जानता हूँ कि पूँजीवाद कितना मादरचोद है
यह मेरे बाप को खा गया।

मौक़ा मिला तो इस देश के प्रधानमंत्री से पूछूँगा
कि क्या मेरे बाप ने अंबानी और अदानी के बाप से कम मेहनत की थी
जो वह झोपड़ी में मरा?

अपमान भी देता है, ऊर्जा
ऊर्जा का महासागर खौलता है मुझमें।

अपशब्द बदल गए हैं स्मृतियों में बजती पीली धुनों में।

अपने बाप को खोकर जी रहे हैं अंतहीन लोग इस संसार में
और मैं हूँ कि बेपनाह गुस्से और क्षोभ से देखता हूँ
यह पृथ्वी,
यह सभ्यता,
यहाँ बदलता है हर वर्ष तीन बार मौसम।

हर घर का होता है एक स्थान देवता
हर कुल का एक देवता
हर ग्राम, शहर और धर्म के भी होते हैं कई देवी-देवता
पर ज़रूरी मौक़े पर एक बदतमीज़ चुप्पी में बदलते हैं यह सारे
मैं रक्त से गर्म हूँ मिजाज़ से लगभग अपराधी
रंग से काला,
मैंने त्वचा से पिए हैं धूप से भरे आयु के कई कटोरे।

एक रुकी हुई रुलाई घेरती हैं मुझे मौन के अंधेरों में।

स्मृति के दायरों में यह कोई ढकी-छुपी बात नहीं है
कि श्री किशन मिस्त्री सरकारी अस्पताल में भर्ती थे कुल बाईस दिन
कोई रिश्तेदार नहीं, न स्थान देवता, न कोई कुल देवता!
कोई नहीं आया बचाने
शिवलिंग को देखते रोता था, एक भविष्य का कवि।

अब अगर उसकी भाषा के भीतर से आती है
किसी पगलाए सुअर की लौह पिघलाती श्वांस
तो जान लीजिए
उसका कोई दोष नहीं
उसके साथ हुई है, हक़मारी
सोने जैसे बाप को बदलते देखा हो जिसने मिट्टी में
अब कला उसका है, अंतिम घर

भाषा है आख़िरी हथियार
और अदम्यता जिसका उपचार!

उदासी की बारिश में जिसका मिलता है मौलिक पता
उसकी हँसी एक झूठ है समकालीनो!

सभ्यता की सबसे प्रचलित बेइमानी हुई है उसके साथ
कोई और नहीं सुनेगा

तो अधम होकर,
तर्क से भी बाहर जाकर कहेगा कविता में वह!

■

# इच्छा

हो गुज़ारे भर का पैसा/अच्छी कविताएँ/चाय/बहुत सारे रविवार/मनचाही स्त्रियाँ और यात्राएँ/वे सारे मौसम जिनमें पसीना न आए/अंग्रेज़ी ऐसे आ जाए जैसे ख़राब कवियों को देख कर आती है मन भर गाली/संविधान से मिले मुझे अत्याचारी को पटक कर मारने की नागरिकीय सुविधा/एक कमरा जिसमें बंद हों बहस भरे कुछ घंटे के भीतर मेरे साथ एक्टर इरफान, उदयप्रकाश, वीरेंद्र डंगवाल और केदारनाथ सिंह/जीवन अगर ऊब में बदले तो मुझे मिले एक और नया नज़रिया देखने का/छोड़ कर भागी एक प्रेमिका वापस लौटे और माने अपनी ग़लती/मेरे भीतर यह अफ़सोस हो कि सुंदर नहीं था मैं/मेरा बेटा हो अपने पिता से ज़्यादा मनुष्य पर हो थोड़ा कम भावुक/कभी कलकत्ता जाऊँ तो सबकुछ पहले की तरह मिले/हो सके तो दिल्ली कभी न जाऊँ/कोई मिले तो मुझसे मेरी कविताओं की न करें तारीफ़/भीतर की चुप्पी जान लें सब/न जान सके कोई मेरी इच्छा कि मिले मुझे एक कम दर्दनाक मृत्यु/और जब यह हो तो अचानक न हो/या फिर उससे पहले ही मान लिया गया हो कि मेरा प्रधानमंत्री है एक झूठा आदमी/फिर उसके बाद जो हो सो हो।

■

इस संसार की
सबसे पुरानी भाषा है रंग

# भग्नावशेष : स्मृतियों का कोलाहल

[भग्नावशेषों को इतिहास के पूर्वकथन की तरह देखो
जिन्हें न सुनने की ग़लती
एक गुम हो चुकी सभ्यता ने की थी]

पृथ्वी की देह
चूना-पत्थरों के दरकने या नदियों का किनारों को
तोड़ भागने का आख्यान भर नहीं है

असंख्य पुकारों से बनी है, यह पृथ्वी
असंख्य छायाएँ प्रार्थनारत रहती हैं, यहाँ
अनगिनत इच्छाफल गिरते रहते हैं, यहाँ-वहाँ

औचक धावा मारती मृत्यु
पृथ्वी पर अंतरालों का एक निरंतर प्रवाह है

जिससे हर बार थोड़ा थर्राती है इसकी देह

पृथ्वी किसी शोध का विषय नहीं

ख़ुद को बचाए रखने की इच्छाओं का अद्भुत जमघट है।

■

[ एक ]

पृथ्वी के तमाम जीवित उत्खनन प्रेमी थे
यात्राओं की विराटता से घबराने पर वह ऊपर देखते थे

ऊपर देखते-देखते उन्होंने प्रार्थनाओं की देह रची
और उन्होंने देखा भी,
कि एक दिन उसी देह से ईश्वर बोला
और फिर बहुत अजीब ढंग से
उन्होंने प्रार्थनाओं के समूचे इतिहास को जानने के लिए
धरती को खोदना शुरू किया

वह जितना ऊपर देखते थे,
इस पृथ्वी पर उतना ही शून्य उतर आता था
जितना खोदते जाते वह
यह पृथ्वी उतनी गहरी हो जाती।

उन्हें कई बार बताया गया
कि वह थकने और थक कर मर जाने के लिए ही पैदा हुए हैं
पर तब तक एक देह के तौर पर उन्होंने ईश्वर ढूँढ लिया था,

उसके बाद वह किसी की नहीं सुनते थे।

■

[ दो ]

मैं सभ्यता का सबसे पहला असभ्य हूँ
मुझे भाषाएँ नहीं जानतीं,
मौसमों की पाठशाला में रटा है मैंने संसार का सबसे पहला विचार।

मैं पूर्वजों में प्रथम हूँ
मेरी हत्या संसार की सबसे पहली क्रूर कार्यवाही थी
मैं प्रकृति का प्रथम पाठ हूँ
मुझे संसार के सबसे आख़िरी सबक की तरह लो।

■

[ तीन ]

उनके पास हँसने की बेशुमार जगहें थीं जहाँ वह हँसने का अभिनय करते थे
बुक्का फाड़ कर रोने के कोने इस धरती पर बहुत कम थे
वहाँ कभी अभिनय नहीं होते थे

❖

हँसी दुःख पर लगा दी गई एक मानवीय घात है
दुःख के भग्नावशेष सीमित हो जाते हैं
आँखों में

❖

आग, पानी, धुआँ और बादल
इनके भग्नावशेष नहीं मिलते
एक दिन स्मृति के दृश्य धुँधलके में डूब ओझल हो जाते हैं

❖

बारिश हो चुकने के बाद भी बची रहती है, वृक्ष के पत्तों पर
हवा बारिश को याद करते हुए बहुत तेज़ दौड़ती है।
फिर बारिश के भग्नावशेष गिरते हैं, भूमि पर

❖

नींद जीवन का भग्नावशेष है
नींद के पहले एक जाग थी
चल रही श्वांस आश्वस्त करती है कि नींद का चक्र पूरा होगा
और देह अपने भग्न रूप को तोड़ती हुई
एक दिन का निर्माण करेगी।

■

[ चार ]

इस संसार की हर आँख से मैंने देखा है।
हर दृश्य के भीतर रहा हूँ मैं

मेरे पुरखों की सारी प्यास अटकी है मेरे गले मे

मेरा जन्म संसार की सबसे गोपनीय छापेमारी है
मैं आज तक ढूँढा जा रहा हूँ
आज तक जारी है, मेरी हत्या की कोशिशें
व्याकुलता गोत्र है मेरा
देश-निकाला के आदेश पर देश नहीं
देह से निकाला गया है मुझे

यह पृथ्वी मेरा पहला घर है
यह पृथ्वी मेरा अंतिम घर नहीं है।

मेरा सबसे पहला दुःख है कि मेरी स्मृति में दर्ज नहीं है
संसार की सबसे पुरानी आवाज़,
सबसे पहली ली गई श्वांस,
सबसे पहला फूटा हुआ संगीत,
सबसे पहला किया गया प्यार,

सबसे अंतिम दुःख के रूप में मेरे पास आँखें हैं
मैं पुरानी पड़ चुकी चीज़ों के जंगल में एकदम अकेला हूँ

दुःख इस मायने में सुख है कि वह जल्दी छिनता नहीं

संसार के असंख्य पुस्तकालयों से मूल्यवान हैं मेरी आँखें
मेरे पैरों में सोई हैं संसार की सबसे लंबी यात्राएँ

❖

मैं बहुत धीरे से जागता हूँ कि हवा का बारूद सोता रहे
इतना धीमे बोलता हूँ
कि सबसे कमज़ोर आवाज़ को भी भरोसा रहे अपनी ताक़त पर
सच को इतने सधे हाथों से छूता हूँ कि वह गवाही तक जीवित रहे।

❖

मेरी परछाई, मेरी देह का मौन है
मैं मौन में संवादों का सबसे मधुर संगीत सुनता हूँ

पर्वत पर चढ़ते हुए इच्छाएँ पीठ पर लदी रहती हैं मेरी
उतरते हुए संसार की सबसे हल्की आत्मा का वास होता है मेरे भीतर

इस संसार के सभी झरने मुझमें गिरते हैं
सभी ध्वनियाँ जानती हैं मेरे कानों का पता

बादलों को अपना वाहन बनाया है मैंने
नींद के पैरों में बंधे स्वप्नों के पहिये उस नदी तक जाते हैं
जहाँ पिछली बार मैं और हवाएँ
एक साथ रोए थे

❖

इस संसार की सबसे पुरानी भाषा है- रंग
पेड़ की हरी हथेलियाँ अपना दुःख बाँटती हैं मुझसे

❖

मेरी हथेलियों में असंख्य छिद्र हैं
मैं जितना बाँधता हूँ इन्हें
निकल भागती है एक भाषा
उड़ जाता है सारा प्रकाश
चिड़िया इसे अपना सबसे सुरक्षित घोसला समझती है

मेरी बंद मुट्ठियों में क़ैद है
संसार के सबसे पहले जुआरी का तुक्का।

■

[ पाँच ]

हम सब कुछ ठीक करने की कोशिश में हमेशा एक अंतहीन रेस में बने रहें/सारे प्रशिक्षण इसीलिए हैं/समस्त पूर्वाभ्यास इसी की तैयारी हैं/समस्त आशीष और अनंत शुभकामनाएँ इस कभी न ख़त्म हो रही सुरंग में धकेलती हैं हमें

जो अपूर्ण है/अविकसित है
जो यूँ ही धरा है जैसे का तैसा
जिसे धूप हर रोज़ पिघला कर कर देती है, टेढ़ा-मेढ़ा
बारिश जिसके पैरों में रोज़ बाँधती है, सीलेपन से भरा एक भय
वह सब कुछ जो यहाँ अपने सच के साथ मौजूद है
और स्वीकारता है कि कुछ भी ठीक करने
या बिगाड़ने के सारे अधिकार इस पृथ्वी के हवाले हैं
भग्नावशेष मुँह चिढ़ा कर बताते रहते हैं हमें

■

[ छः ]

हमारी आँखों से मृत स्वप्नों के भग्नावशेष झाँकते हैं
मृत स्वप्नों की ओर देखना
उन्हें एक तरह से जीवित कर देना भी है
हम उन्हें कामना से देखते हैं
करुणा से देखते हैं

मृत स्वप्न सोई हुई आत्माएँ हैं
हम उनकी अतृप्त देहों से बच कर निकलते हैं

पर यह ऐसे जीवाश्म हैं जो हल्की-सी आहट भर से जी उठते हैं
और पृथ्वी की सबसे व्याकुल पुकार में

अपने वापस आने की सूचना दे देते हैं

■

[ सात ]

बिछड़ गए प्रेमियों के भग्नावशेष
भागने में ठिठक गई प्रेमिकाओं के चेहरे पर मिलते थे
और किसी भी मेकअप से नहीं छुपते थे।

■

[ आठ ]

सारे रंग बूढ़े होकर पीले पड़ जाएँगे
सारी अनंतताएँ नाप ली जाएँगी एक दिन
देह की मृत्यु तय है
देह के बाहर भी जो कुछ है बनाया हुआ
सब ढह जाएगा

अपने आप बनी हर चीज़ का शोर चला आता है-
परछाइयों की मौन सभा में

छायाएँ पहले विस्मित होकर,
फिर करुणा से,
फिर वात्सल्य से भर चूमती हैं- पृथ्वी की सबसे कुआँरी ध्वनि-पंखुड़ियों को

छायाएँ जानती हैं
पृथ्वी पर सबसे हल्की चीज़ को छू लेने का यह महान अनुभव
उन्हें लौटा लाएगा फिर से इसी पृथ्वी पर

पृथ्वी पर जगहें कम होती जा रही हैं
पर आरक्षित है, यहाँ परछाइयों की चहलकदमी की जगहें

छायाओं के घर यहाँ सुरक्षित हैं
ध्वनियों के बहुत भीतर मौन के घर सुरक्षित हैं।

■

[ नौ ]

हम शिनाख़्तों से गुज़रते हैं, यह जानते हुए कि 'बीत गए' के भीतर
आने वाले समय की पुकार दबी है
यह भूलते हुए हर चीज़ की योजना बनाते हैं
कि अंततः सब बीत जाना तय है
हमने भग्नावशेषों को कभी भी एक सच की तरह नहीं देखा-
जब भी देखा-
विदा हो चुकी तमाम चीज़ों की वापसी के प्रयास के तौर पर देखा।

■

[ दस ]

हवा अपनी नरम सहलाहट से बर्फ़ की देह तोड़ती है, पानी की पीठ पर निकलती है कठोरता की शवयात्रा!

हवा और पानी की जुगलबंदी ने ही इतिहास के सबसे कठोर और अभेद किलों को ध्वस्त किया है।

हवा और पानी इन दोनों के समुच्चय से बना है, मेरा रक्त और मज्जा

मैंने दुनिया के इन सबसे ख़तरनाक हथियारों को पचाया है
दुनिया की सबसे निरापद जगहों पर सेंध लगाऊँगा मैं

मेरे पास आग की सबसे पहली स्मृति है।

■

[ ग्यारह ]

एक ही जगह मौजूद वस्तुओं के बीच
एक साथ पुराने पड़ते जाने की अद्भुत साझेदारी थी
कई बार लगता है कि ऐसा करके वह
चिन्तनशीलों की एक पूरी प्रजाति को एक साथ चिढ़ाते थे

क्योंकि इतिहास में कई बार प्रमाण मिले हैं
कि एक ही समय में एक ही जगह ठहरे हुए
जीवित मनुष्यों और निर्जीव वस्तुओं के बीच व्यवहारिक साम्यता थी।

■

[ बारह]

खिड़कियाँ मकानों की दीवार पर चढ़ गई छिपकलियाँ है
मकान अपने हिस्से की साँस खिड़कियों से लेता है

'देखना' अगर एक कला है तो इसे बचाए रखने को कृत-संकल्पित
खिड़कियों की चौखट पर बीत गए तमाम दृश्य बैठे रहते हैं।

बहुत बार आने से पहले ही एक दृश्य घट जाता है

खिड़की से बाहर झाँकती आँख में अपनी बारी आने की प्रतीक्षा में

कुछ दृश्य संसार के सबसे एकाग्र मौन के भीतर बैठे-बैठे ही बदल देते हैं,

दिख रहे सभी दृश्यों को भग्नावशेषों में।

■

[ तेरह ]

चिड़िया के उड़ जाने के बाद मुंडेर की स्मृति में चहक बची रहती है
मुंडेर की शक्ल भग्नावशेष में बदल जाती है

■

[ चौदह ]

तुम्हारी उद्दंडताओं में घुली है धरती के सबसे प्राचीन विजेताओं की हुँकार

ऊर्जा से खौलते उनके रक्त इस मिट्टी में घुल गए
सबसे विशाल हड्डियाँ, सबसे पैने दाँत और पंजे,
शिकार को उत्सुक चौकन्नी आँखों से इस धरा के समस्त दृश्यों को घूरते हुए
वह इस दुनिया से रुख़सत हुए

❖

उनके पास संसार का सबसे बड़ा पेट था
संसार की सबसे भयानक भूख से वह व्याकुल रहते थे

❖

कहते हैं कि जाने से पहले,
वह अपनी पागल साँसे पृथ्वी की हवा में घोल गए
उनकी साँसों का कुछ हिस्सा पीकर
दीवानावार हुआ अलेक्जेंडर दौड़ पड़ा था, धरती को जीतने के लिए

हवा में घुली उनकी अभाषिक फुसफुसाहट सुनी थी, लोर्का ने
और उसने भाषा के भीतर छोड़ दिए वैचारिकता के सबसे ज़िद्दी वाक्य!

हत्या की हर हद फिर उनसे पीछे छूटती थी।

धरती पर जब भी आग भड़कती हैं, मुझे वह याद आते हैं

तुम्हारे हाथों में डायनासौर की हड्डी ही आएगी
होमोसेम्पियस की सबसे आधुनिक औलादों

■

[ पंद्रह ]

चंकी पांडे मर क्यों नहीं जाता!

माफ़ कीजिएगा मैं कुछ क्रूर हो रहा हूँ
चंकी पांडे की मृत्यु नहीं चाहता हूँ पर
हिंदी के बड़े कवि उदय प्रकाश की कविता 'चंकी पांडे मुकर गया है' को पढ़ कर तत्क्षण उपजे भाव से इनकार भी नहीं है मुझे

बॉलीवुड की सबसे बेशर्म हँसी हँसने वाले-
चंकी पांडे को लंबी आयु मिलनी चाहिए

लंबी आयु सलमान खान को भी मिले, और संजय दत्त को भी
मुकरने के 'अंतःस्वीकार' को ढोती हुई एक लंबी आयु,
इन्हें और अधिक विनम्र बनाएगी।

बेशर्म हँसी की चर्चा चली है तो बताता चलूँ,
कि अभिनय की सबसे मासूम हँसी वाले चेहरों में शामिल हैं-
फ़ारूख़ शेख़, दीप्ति नवल और अमोल पालेकर

सबसे अभिजात्य और कलापूर्ण मुस्कुराहटों पर यह लोग हमेशा भारी पड़ेंगे
यह अनुमान है, एक कवि का
जो बुनियादी तौर पर अपने नज़दीकी लोगों में सबसे रूखा आदमी है
जो अपने स्वप्न में कई बार चले आए चार्ली चैपलिन से पूछता है,
कि अपने मूक अभिनय में वह आँखों से क्यों नहीं हँसता है

उसे जवाब नहीं मिलता है
स्वप्न टूटने पर उसकी आँखें चार्ली की आँखों में बदलती हैं बस !

अभिनय पर्दे पर गिरता हुआ एक छद्म है
सच के भग्नावशेषों को किसी तरह बचाती इस पृथ्वी पर
आप इसे जब भी देखेंगे।
यह सबसे मासूम हँसी वाले चेहरे
आपको इसके सच होने का यक़ीन दिलाएँगे।

■

[ सोलह ]

जब कुछ टूटता हुआ देखो
अपनी जीर्णता पर काँपता देखो
उसके पक्ष में खड़े हो जाओ

इस पृथ्वी पर जितना भी नवजीवन है,
वह भग्नावशेषों की आर्द्र पुकार है,
इस पृथ्वी पर बाहर से कुछ नहीं आया।
यह पृथ्वी आसानी से कुछ भी बाहर जाने नहीं देती

उसके सब कुछ समेटे रहने की महानता के भीतर सुरक्षित है,
भग्नावशेषों पर- नवनिर्माण।

■

[ सत्रह ]

शुक्रिया अदा करो!
कि इस पृथ्वी पर तूतेन खामेन रहस्यों का एक अधखिला फूल है
उसे जितना जान गए हो तुम,
उससे अधिक उसे उतना नहीं जानने के लिए आभारी रहो।
मर चुके तूतेन खामेन ने बचा रखी है,
तुम्हारी जीवित पृथ्वी की तमाम सुंदरता।

उसे याद रहा सुंदरता का सबसे प्राचीन नियम,
कि जान ली गई तमाम चीज़ों की मृत्यु तय है
रहस्यों के पीछे भागते हुए ही ठीक से साँस लेती है- एक सभ्यता।

वह तुम्हें तीन हज़ार वर्षों से छका रहा है, मूर्खो!

■

[ अट्ठारह ]

पृथ्वी पर सब कुछ मिटता था और फिर बन जाता था;
सिवाए एक भाषा के,
प्रचलन से बाहर हुई भाषा के भग्नावशेष,
अगली पीढ़ियों से बात नहीं करते थे।
उनकी मूक-लिपियों की स्मृति को सीने पर सजाए,
कुछ पत्थर सभ्यता के आस-पास मंडराते रहते हैं।

पृथ्वी पर पत्थरों की खुली कचहरी में,
भाषा का कोई मुक़दमा अब बाकी नहीं है
बस वह इतना चाहते हैं,कि एक नज़ीर के तौर पर
मृत-भाषाओं को याद रखा जाए
❖
पृथ्वी पर दुःखों के नवनिर्माण होते रहते हैं
सुख भग्नावशेषों में सुरक्षित हैं!

■

# आस एक फूल है

एक शब्द उछलता है-
उपेक्षा
फिर एक वाक्य आता है-
कहाँ जाएँगे!

सोचता हूँ दुःख की एक स्मृति है
फिर देखता हूँ उसी से बना है, सारा जीवन

धूप देखता हूँ,
तो अँधेरा सुख में बदलता है
एकांत में मिलती हैं, कई राहें
और फिर मिलती है धूल, और भटकन

ख़ुद को जितना समेटता हूँ
धज्जियाँ उतनी ही उड़ती हैं।

इतना सारा आवेग है
कि मुझमें ज़मीन के स्वप्न नहीं हैं
सिर्फ़ आकाश है, अपने अक्ष से मुझे चिढ़ाता हुआ।

वक़्त को देखता हूँ,
मेरे हाथ रेत में बदल जाते हैं।

सबसे अंत में देखता हूँ, ख़ुद को
और पाता हूँ ,
कि आस एक फूल है
और फिर यह कि जिसका मुरझाना तय है।

■

# मायूस गंध

बहुत दूर तक नहीं जाती है, पुकार
इस मायने में रह जाती है हमेशा कुछ अधूरी।

दूर से नहीं दिखता दुःख
इसकी बरछी पास से करती है, घायल।

आकाश पास नहीं आता कदापि दूर से
ले जाता है, इच्छाओं को और दूर।

दूर से दिखता है, अनुशासन
पास से दिखती उल्लंघनाएँ।

बहुत दूर जाकर नहीं लौटता कोई भी
लौटती है सिर्फ़-
याद की एक मायूस गंध।

■

# किंकर्तव्यविमूढ़

मैंने एक बार उसकी भाषा बोली।
चाय के कप से अपने होंठ हटाते हुए, उसकी तरह ज़ुबान फेरी
एक बार पूरे शहर को उसकी नज़र से देखा
और थोड़ा बदनाम हुआ।

मैं दिन भर उसकी एक हँसी अपने चेहरे पर,
लिए हुए घूमा और अपनी तरह थोड़ा उदास हुआ।

मैंने एक बार उसकी तरह आँखें तरेरीं,
उसकी तरह दुनिया को कुछ ऊँचाई से देखा,
उसकी तरह हवा में फैलाए अपने दोनों हाथ, पर मैं उड़ न सका
फिर मैं अपनी तरह ख़ुद पर देर तक हँसा

मैं एक बार किंकर्तव्यविमूढ़ कुछ सोचता हुआ,
बस सिर हिलाता रह गया।

■

मैंने पृथ्वी की ओर
तान रखी है एक उंगली

# बाक़ी जगह आवाज़ें हैं

मैं एक खनकदार मिट्टी के बर्तन के भीतर, सोते-सोते जाग जाता हूँ
मेरा आवरण स्थल कभी भी, दरकने के भय के बीच
रचता है एक- भव्य खनक

एक कंकड़,
मौन के पानी में गिरता है
यह याद दिलाते हुए कि दुनिया का शोर अभी थमा नहीं है

मिट्टी पर भरोसा और बढ़ता है मेरा

❖

संसार में जितने भी जीवित हैं सबको एक कवच दो
जो कभी भी टूट सके
जैसे प्रेम, जैसे आँसू, जैसे प्रार्थना!
जैसे पिता दरक जाते हैं,
जीवन के अरण्य में अड़ियल घूमते हुए कभी भी
पिता लोहे के जैसे लगते हैं/प्रेम ढक लेता है एक समूची सभ्यता/आँसुओं के
निकास स्थल को जैसे भींच लिया जाता है/भीगने के हर मौक़े पर

मौक़े के पास भरोसा है, कि हमेशा रहेंगे पिता
प्रेम से आच्छादित रहेगा हमेशा यह आकाश
दुःख भरे दिन जैसे फिर कभी लौटेंगे ही नहीं
बावजूद इसके टूटते हैं कवच!

कवचों के टूटने पर निकलते हैं एकदम नए मनुष्य
जिनके चेहरे पुराने हैं,
जो बहुत पुराने हो चुके संकल्पों को दुहराए जा रहे हैं

जो चाहते हैं आवाज़ों में खो जाना

पर एक दिन वह लौटते हैं, मिट्टी के पास
प्रेम करते हैं
और तैयार होते हैं कि एक दिन यह जीवन अरण्य छूटेगा उनसे भी,
जैसे छूटा था उनके पिता से।

❖

जिन जगहों पर आवाज़ें नहीं हैं आँसुओं में नमक सबसे अधिक वहीं है
जहाँ दुनिया का शोर सेंध नहीं मार सकता,
वह जगह मेरे विचरण चिन्हों से भरी है।

मेरे पास संसार की सबसे हल्की देह है
मैंने संसार के सभी समुद्रों का पानी पिया है
सबसे ज़्यादा नमक उगला है मैंने ही
मैं लय से दूर हूँ पर हूँ, आलापों के भीतर
पुनर्पाठों के सबसे समीप गड़ा है, मेरा चिमटा।

❖

मेरा नाम सबसे पहले पराजितों में शामिल है
पर मुझे नींद का पर्यायवाची न समझो
मैंने जाग का सबसे आदिम अभ्यास किया है

मैंने पृथ्वी की ओर तान रखी है- एक उँगली
पानी को देखते हुए की है अनंत यात्राएँ
अचरज को देखने का अकेला दर्शन है मेरे पास

मृत्यु का जो करते हैं नित दिन, अभ्यास
वह न आएँ मेरे कवच के समीप!

❖

मैं औचक का औघड़ हूँ
और कहता हूँ
सौंदर्य चाहिए तो छोड़ो पुष्प वाटिकाओं को
छोड़ो पर्वतों और झरनों को
देखो,
देखो,
एक अचानक घट गई घटना को देखो!
नदी का पानी
बिना किसी पात्र के पियो
उसका उल्लास बिना जूठा हुए उतरेगा तुम्हारी सभ्यता के मौन में!

❖

शोर से बाहर कैसे दौड़ते हैं
यात्राओं के अश्व
भय के भीतर से कैसे फूटती है भव्य ऊर्जा
प्रश्नाकुलता कैसे शांत होती है उत्तरों के बिना भी
मेरी आँखों में झाँको
कौतूहल वहाँ बदलता है बोध में
भाषा की एक बूँद गिरती है

भूमि पर
और
अर्थ बदलते हैं, चेहरों में
एक असमाप्त अरण्य घेरता है, तुम्हारे होने के बराबर की जगह
जीवन कसता है, अपने जूते के फीते
जिसे सिर्फ़ मृत्यु खोलती है,
मौन नहीं,
आहट नहीं,
अनिष्ट नहीं,
औचक का हाथ पकड़ कर हो जाती है, एक सबसे लंबी यात्रा
तुम्हें पता भी नहीं चलेगा।

■

# लगभग

उसका जीवन दूर से
दिखता था धुँए से सना हुआ

पास से करुणा में गहरा धँसा हुआ

और जब उसके भीतर
कुछ मनुष्यों ने जा कर देखना चाहा

तो वहाँ जीवन नहीं था,
टपक रहे अँधेरे से भीगी एक इबारत थी।

मनुष्य,
उस भाषा को लगभग भूल चुके थे।

■

# पीड़ा

मैं चलन से बाहर हो चुके सिक्के की पीड़ा था।
मुझे सबसे ज़्यादा घिसा गया,
मुझे सबसे ज़्यादा लौटाया गया।

■

# अँधेरे का अरण्य

रंग इतने गाढ़े थे,
कि अँधेरे तक को घेर लेते थे।

परछाई बनती थी
और बस इतनी
कि मिटने का अंदेशा रहे बराबर

ऊँघ जो नींद के घर तक ले जाती थी।

याद आहिस्ता से व्याकुलता के घेराव में घिरती।

पृथ्वी,
अचानक से इतनी छोटी हुई कि
अपना होना तक ध्यान में न रहा।

जीवन किसी अंधी सुरंग में सधे पाँव गश्त लगाता

एक ऊब ही थी,
जो साथ न छोड़ती।
आस हर बंद दीवार में खोलती थी, एक हवादार खिड़की,
रोशनी की टोह मिलती थी

अँधेरे का अरण्य,
बस इतनी ही हवा से बटोरता था- अपनी साँसें।

■

# गुप्त रोग

नग्न पैदा होने के बाद
किसी सभ्य समय की गोद में भरे पेट
हमने यह सोचा,
कि नग्नता कितनी असभ्य बात है
और ठीक उसके बाद
कि प्यार करना, एक गुप्त रोग जैसा है

और फिर हमने छिपाना शुरू किया।

सभ्यता के सारे अपराध,

फिर उसके बाद हुए।

■

# हमारा कोई पता नहीं था

अपनी जगह से हटा दिए जाने के बाद,
अगली सुबह जब हम उठे
तो हम,
जिस तरह से आदी थे उठने के
जिस तरह का होता था हमारा बिस्तर
चाय के मिलने का जो समय था
जिन नालियों के किनारे,
शर्म की झाड़ियों में दुबक कर करते, थे हम दैनिक निवृत्तियाँ

वह सब हड़बड़ी की गोद में समाए थे,
हर चीज़ बहुत अश्लील तरीक़े से अपनी जगह से हटी हुई थी।

बहुत सारी नज़रें हमें देख रही थीं।
उनके देखने में ख़ुद को देखना
एक पूरी पृथ्वी को राख़ में बदलता था।

हमें वक़्त लगा यह समझने में
कि हमारे अभिभावक बिना कुछ बोले भी
क़ैद थे एक गिड़गिड़ाती हुई दैन्य मुद्रा के भीतर

और हम,
एक झोपड़पट्टी से हटा दिए जाने के बाद

कहीं और से हटा दिए जाने के लिए
कहीं और बस जाने के बीच
एक अकुशल तालमेल बिठा रहे थे।

हमारा कोई पता नहीं था
लोग हमारे बिखरने में ही हमें ढूँढ निकालते थे।

■

# हर इंद्री से थकता हूँ

देखने का कलंक लगा मुझे
जहाँ दृश्य नहीं
गोपनीयता के भार से ग़ायब हुई रोशनियाँ
सोचने की एक क़ब्र ख़ुद से खोदता हूँ

यह मेरी जगह है
समय यहाँ खोता है अपनी मौलिक गति

अतीत से लेकर एक जादुई भविष्य तक
मेरी आँखें टहल आती हैं

हर इंद्री से थकता हूँ पर देखने से नहीं।

मैं एक खुल चुके रहस्य की तरह
लोप हो जाऊँगा।

यह पृथ्वी नहीं पकड़ सकेगी पदचाप मेरी।

तमाम सूचनाओं का अशालीन भार सहे मेरी भाषा।
बोध की एक नाव, देखने की एक सुरंग
और
चाहिए अँधेरा
जिसका एक सिरा ठीक वहीं अटका हो
जहाँ खुलती है मेरी सबसे पहली रुलाई

जाने के पहले संकेत देते हैं कवि सारे।

जब जाऊँगा
तब सहने के सारे कलंक उतार दूँगा।

# पुकार की एक चाभी

खोई हुई चीज़ों का भी एक धरातल है।

फूल का एक गिलास
जिस पर मेरा नाम लिखा था
अभी भी मेरे बचपन के ताखे पर रखा हुआ है।

दीवार पर लगाए गए, पटरे की अख़बारी सज्जा के नीचे
मिल गया है दस का एक नोट।

एक बंद फ़ोन नंबर फिर से चालू हुआ है।
फिर से दी है मैंने दसवीं की परीक्षा।
पिता जो गए थे शाहजहाँपुर काम करने
लौट आए हैं।

स्मृति में,
तगादा करते हुए मुहल्ले की परचून की दुकान वाले दादा
अब नहीं टोकते हैं।
बहनों के सामने असहाय खड़ा एक लड़का,
अब अधेड़ है।
बहुत कुछ है,
जो अनुपस्थित है जीवन के वर्तमान से

पुकार पर लौटती है, अवज्ञा

एक चलचित्र है, अकेले में अपनी धीमी गति से चलता

बहुत सारी रुलाई
अपना नमक बिखेरती है, रात की चादर पर

खोई हुई चीज़ें कहीं नहीं गई हैं

वे यहीं हैं,
वे पुकार की एक चाभी से खुलती हैं।

■

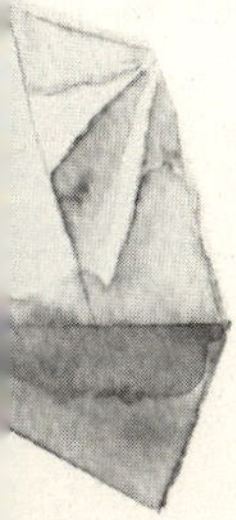

एक भाषा
उभरती है अँधेरे के
पानी पर

# आयु का धैर्य कहीं भूलता हूँ

वे आवाज़ें जो किसी अँधेरी झील में डूब गईं
मेरी स्मृति का हिस्सा हैं।

मैं स्मृति की विराट डूब में महसूस करता हूँ
यातना की गंध,
वहाँ मिलते हैं, लगातार घात के संकेत।
फुसफुसाहटें, जिनके रहस्य का रंग अब मटमैला है।
भरोसे के कागजी पुष्प यूँ ही बरसने लगते हैं मुझ पर।

आयु का धैर्य कहीं भूलता हूँ अब

एक भाषा उभरती है, अँधेरे के पानी पर
उसे शब्द नहीं चाहिए
वाक्य भी उसे पता हैं।

वह मेरी अपनी भाषा है
मेरे भोगने के रंग देते हैं, उसे ध्वनि।

अपनी असहायता का बोध है मुझे
इस अँधेरे के पानी पर जो भी उभरता है, सिर्फ़ मेरा है।

अब मुझसे बड़ा कोई भी रहस्य
इस पृथ्वी पर नहीं है।

■

# आलाप से बहिष्कृत

मैं जीवन के भीतर हूँ, एक असंगत बिम्ब।
मै शांत साँझ के भीतर एक कलह की तरह उतरा।
रात के भीतर पहुँचा लगभग मृत।
सुबह को यूँ किया याद जैसे पराजित याद करते हैं-
समाप्त हो चुके युद्ध
मै बलि-वेदी पर हूँ सदा शीश नवाए।
मेरे ही हाथ में है खड्ग, इसी जन्म में हुआ मैं खटिक।

मैं अप्रत्याशित था, अदम्य था, अग्नि की याद में खोया और रोया।
अनुकूलता के विरुद्ध, संगत की घुसपैठ से अनभिज्ञ
मैं समकालीनों की आँख का खटका।

रंग- काला, रूप- कुरूप, जाति- लज्जित, प्रेम-विहीन
जीवन नगरी तक, मैं यूँ आया
जैसे कंबल ओढ़े अपराधी
जैसे देश निकाला लिए कोई अधीर
जैसे बिना भीख की चाह में भटके कोई फ़क़ीर
जैसे विस्मृति की धूल में गिरा, याद का कोई सुंदर फूल।

मैं एक ताल हूँ, तुम्हारे गान से बाहर
मैं एक नदी की देह हूँ
मुझसे छीना गया है- मेरा मौन।

■

# प्रतिबिंब

वे मुझे पानी के भीतर मिले।

मैंने उन्हें साँस लेते देखा
देखा ख़ुद को देखते हुए

वे लगभग वहीं थे
अपनी प्राचीनता के भीतर से नएपन की तरह झाँकते हुए
या वे एकदम वही होने के बहुत पास थे।

बिल्कुल मेरी ही तरह
इस पृथ्वी की हर लहर में लीन।

जैसे मैं हो जाता हूँ, अक्सर
नींद के भीतर
हवा और स्वप्न के बीच में डोलते हुए।

अपने चेहरे पर उठती
हर मरोड़ के साथ
जब मैं कुछ कहना चाहता हूँ
या जब मैं कुछ भी नहीं कह पाता हूँ।

हम बदल जाते हैं,
एक आसान बिम्ब में
और
अपने अपरिचय को लाँघ कर टकराते हैं, बहुत ज़ोर से

हमारे भीतर परिचय का कोई धमाका नहीं होता है

मेरे सामने है अब मुझमें झाँकती आँखें
और मुझे
रहना है, हमेशा ज़मीन पर

एक अंतिम विकल्प की तरह याद आता है फिर
अचकचा कर नज़रें कहीं और घुमा लेना।

■

# आर्यावर्त सुनो, गुम हुई है एक सभ्यता!

इतिहास एक क़ब्रगाह है
जहाँ आर्यावर्त अपनी बेईमान चिंताओं के साथ ऊँघ रहा है

मैं सबसे पहले जागना चाहता हूँ और देखना चाहता हूँ
कि संविधान का सबसे पहला पृष्ठ क्या अभी भी पढ़ा जा सकता है
या उसके अक्षरों को पूँजीवाद के बदबूदार रुमाल से
इतनी ज़्यादा बार घिसा जा चुका है
कि वह एक खोई हुई भाषा की अंतिम निशानी जैसा लगने लगा है?

क्या मेरे कान इतने सजग हैं
कि वह एक टपकते हुए नल की आवाज़ से चकनाचूर हुए मौन को सुन सकें?
या मैंने चौराहे पर देश के पक्ष में नारे लगाने से ज़्यादा बड़ा काम समझा है
सरकारी नल की टोंटी घुमा कर बर्बाद हो रहे पानी को रोक देना।

आर्यावर्त! तुम कहीं एक झूठ तो नहीं हो ?
तिथियों में तो तुम दूर-दूर तक नहीं दिखते,
या कुछ आवारा और अतिक्रमणकारी सपने ही
तुम्हारे झंडे का रंग बदल रहे हैं बार-बार?

तुम्हें एक भाषा की तरह आसान हो जाना था
पर क्या तुमने तय कर लिया है कि 5000 साल पहले की भाषा में ही तुम
निर्धारित करोगे मनुष्यता के नए नियम ?

एक सरकारी भाषा में हत्या हो जाने की सूचना तुम तक कैसे नहीं पहुँचती है?

मुझे किस भाषा में बोलना है यह जबरन जानना ठीक वैसा ही है मेरे देश
कि मेरा लिंग बदल दिया जाए
मेरी मूँछ के बाल की जगह दुम का बाल लगा दिया जाए
मुझसे कहा जाए
कि अब एक नई भाषा में तुम्हें रोना होगा।
मैं अपनी भाषा में ठीक से रो लेता हूँ
अश्लील कथाएँ बहुत आसानी से अब समझा देती हैं
मुझे मेरे यथार्थ का सच।

मैं गालियों, धितकार और हुँकार के उन महान शब्दों को कैसे भूल जाऊँ
जो मुझे धरती पर नज़र मिलाने के लायक बना देते हैं
मुझे माफ़ करना,
बतौर नागरिक मेरी ऐंठ तुम तक किसी और भाषा में नहीं पहुँचती है
यह भाषा एक दरबान भी जानता है और मुंशी भी,
दरोगा भी,
दलाल भी,
और रंडी भी
इसी भाषा में एक छोटे अफ़सर को
बड़े अफ़सर से गाली खाकर याद आता है
कि वह भी जी रहा है एक मजदूर की ज़िंदगी।

इसी भाषा में देश के सारे बेईमान,
अपना धंधा एक 'निजी ईमानदारी' के साथ किए जा रहे हैं।

इसी भाषा में एक साथ ही दयालु
और दुष्ट होने के महान उदाहरण देश के नेता रख रहे हैं
और
पिछवाड़ा सहलाता एक दब्बू नागरिक बनना भी सिखा देती है यही भाषा।

हमारे सारे आदिम बुखार उतरते हैं, इसी भाषा में
हर नया नशा इसी भाषा में होकर हम तक आता है।

कहीं तुम इस भाषा को हिंदी तो नहीं समझ रहे- बिल्डिंगों और विदेशी
यात्राओं को विकास समझने वालो?

नहीं, यहाँ कोंकड़ी, मराठी, तमिल, तेलगु कोई भी भाषा हो सकती है
जिसमें एक कुचले हुए नागरिक की हैसियत से मैंने जन्म लिया है,
बेशक यह भाषा, हिंदी भी हो सकती है।

संस्कृति के नाम पर एक देश ख़ुद को दोहराता रहे-

यह सिर्फ़ एक तरह का पागलपन ही है।

संस्कृति एक ज़िंदा और रोज़ बन रही चीज़ का नाम है आर्यावर्त
इसे एक मरी हुई देह की तरह देखना और यात्राओं के कंधे पर लाद कर
दौड़ना कहाँ तक ठीक है ?

पूरे देश की नाक बंद कर देने से दुर्गंध की प्रकृति नहीं बदल जाती है
विश्वगुरु होने का ऐसा एलानिया दम्भ,
जो मुझे ख़ुद से ही नज़रें न मिलाने दे
एक मज़ाक़ के सिवा कुछ भी नहीं।

राशन के पीछे दौड़ती भूखी भीड़
रोज़गार पर झपट पड़ने को बेचैन भीड़
रोज़ बच्चा पैदा करती भीड़
हमारा सच है
और
हत्याओं, बलात्कारों, कायरताओं और
मूर्खताओं को गर्व करने के कारणों में गिनती
एक और भीड़ है।
मैं इस भीड़ में शामिल नहीं,
मैं देश के किसी अतिरेक, पागलपन में शामिल नहीं

जब सब कुछ प्रोडक्टवाद का शिकार हो रहा है,
मैं देखता हूँ कविता की ओर बहुत उम्मीद से
एक ऐसी जगह,
जहाँ ईमानदारी अभी तक ईमानदारी के नाम से ही जानी जाती है।
मुझे मेरे पिता ने संस्कार के पहले पाठ में यह बताया था
कि एक दुमदार जानवर की संतान हैं हम
सभ्यता के इस विशाल उत्सव में अब हम पहले की तरह अशालीन
और खौखियाए नहीं लग सकते हैं।

मैं थोड़ा और नम हो जाता हूँ
कि इस देश में पिता जैसे लोग अब नहीं रहे।
मैं अपने देश की ओर देखता हूँ तो पाता हूँ-
सब के सब गले तक व्यग्रता के समुद्र में धँसे हुए हैं।
हर कोई चीख़ रहा है,
जो चुप है वह भी गढ़ रहा है चुप्पी की एक नवीन भाषा

जो जहाँ है, वहाँ से नाख़ुश है!
कोई बताए- कृपया कोई बताए
जीवन जीने की लालसा से भरी इस सभ्यता के हर आदमी के चेहरे पर
किसने लिख दिया है सज़ायाफ्ता?

मुक़दमों की अंतहीन कड़ी से लगता है
बहुत कारीगरी से हर नागरिक को उसमें पिरोया गया है।

सवाल के बदले में कुतर्की सवाल
क्रूरता के बदले में और बढ़ी हुई क्रूरता
यह सब एक मध्ययुगीन पागलपन है।
पर यह कितना अश्लील है कि हम इस पागलपन को नहीं छोड़ते हैं अब भी।

फ़िल्म अभिनेता अब पहले से ज़्यादा भौंडे दिख रहे हैं
नेता अब गांधी का नाम लेते-लेते उनकी प्रतिमा से लिपट कर रोने भी लगे हैं।

आर्यावर्त!
अब जो जिसके ख़िलाफ़ दिखता है,
बंद लिहाफ़ के भीतर वह उसी के साथ पड़ा है, सोया हुआ।

कवियों की भाषा में क्रांति बढ़ गई है
और घट गई है व्यवहार में
यह एक आपदा ही है,
कि हम अब भाषा में जीते हैं और व्यवहार में चुप रहते हैं।

जो जितनी गाली दे लेता है, वह उतना ही सम्मानित है।
ठग होने भर से अब आदमी सुरक्षित है
भड़ुआगिरी को किसी ने सफ़ेद कपड़े पहना कर रवाना कर दिया है
संसद की ओर

नेता और लफंगे के बीच का महीन होता फ़र्क़ उड़ा देता है,
अब मेरी रातों की नींद
यह सब बहुत असह्य और गला घोंट देने वाले गुस्से का निर्माण करता है,
आर्यावर्त!

क्या यह तुम्हारे नज़दीक पहुँचने की यात्रा की शुरुआत है?

मुझे हर रोती हुई औरत के पीछे ढिठाई से खड़ा एक पुरुष क्यों दिखता है?
देश की सड़कों पर लाशें कब तक ज़िंदा होने के अभिनय में इधर-उधर भटकती रहेंगी ?
कोई 'एक' भी चीख़ कर क्यों नहीं बोलता,

कि इस देश में ज़िंदा लोग भी रहते हैं?

आर्यावर्त!
मेरी माँ अब बहुत कम हँसती है
मेरे पास गुज़र गए पिता की एक भी हँसती हुई फ़ोटो नहीं है।

अपनी आख़िरी स्मृति में, मैं अपने पिता के साथ नहीं
किसी चौराहे पर नहीं
किसी नदी की गहराई में डूबते उतराते नहीं
अपनी थकान के भीतर खड़ा हूँ

तिथियों को बहुत देर तक घूरने के बाद
जब मैं जब देखता हूँ कि एक बहुत पढ़ा लिखा व्यक्ति
जिसके गले में लटक रही हैं कई विदेशी डिग्रियाँ,
वह सरकार के पक्ष में लगातार भौंके जा रहा है,
तो मुझे इस देश के मज़दूरों और रिक्शेवालों की समझ पर पहले से ज़्यादा
हो जाता है भरोसा।

इस देश में पूँजी हमें हर दिन कर रही है और ज़्यादा नंगा
बाज़ार ने हमारी लंगोट पर भी छोड़ दिए हैं अपने ख़ूनी ब्रांडेड निशान
अब हम फ़िल्में देखने कम और नंगई देखने जाते हैं ज़्यादा।

आर्यावर्त!
अब कोई नहीं बचा जिसके गले लिपट कर रोया जा सके
सभ्यता के खो जाने का दुःख

शहर की सड़कों पर
अब कोई नदी का नाम तक नहीं लेता
चौराहों पर बरगद, नीम और पीपल के निशान भी नहीं मिलते
बैठकें नहीं मिलतीं,
मिलती हैं, अब डरा देने वाली अफवाहें
बुरी ख़बरें घेर रही हैं, अच्छी ख़बरों का इलाका

बीत गए आदमियों के किस्सों में अब उनके बरगद होने का ज़िक्र नहीं मिलता।

स्ट्रीट लाइट्स ने अब कुछ भी भुतहा नहीं रहने दिया!

अपशकुनी बिल्लियों के रोने की आवाज़ें कम हुई हैं
कम हुए हैं छतों और मुंडेरों के इलाके
संवाद के बहाने घट गए
बढ़ गए मिल कर मारने वाले लोग

ज़मीन घट गई
औरत की आबादी घट गई
ग़ायब हो गई हैं अलबेला मोती बेचने वालों की आवाज़ें

अब नहीं हैं
मनुष्यता के चेहरे पर करुणा से भरी आँखें
मनुष्य अब इस सभ्यता को देखते हैं, बाघ की आँखों से
चौकन्नेपन के एक अमिट परिसर ने घेर लिया है मासूम बच्चों को भी

हर समय गूँजती हैं कुछ डरावनी आहटें आसपास

हमारी प्रार्थनाओं में कई बार गूँजता है ईश्वर हमें बचा लो
कई बार हम बुदबुदाते हैं
अब हमें मार दो!

आर्यावर्त!
इस सभ्यता का शोर नहीं घटता
नहीं घटते देश के भीतर देश बना देने के ढोंगी संकल्प!

अन्नपूर्णा का देश भुखमरों की लिस्ट में इतना ऊपर कैसे आ गया?

धरती और आँख का पानी बहुत कम बचा है
शोक संदेशों में शोक कम बचा
हर्ष के भीतर उतर गई हैं बनावटी औपचारिकताएँ
हम नाचते हुए नकली लगते हैं और रोते हुए अपराधी!
हम देखने की सबसे सहज कला गए हैं भूल
अब हमारी आँखों को याद रहा,
सिर्फ़ घूरना!

आर्यावर्त!
हमारी भाषा में गालियाँ और चेतावनियाँ बहुत बढ़ गई हैं
अभिवादन के सबसे बेहतर और नम्र तरीक़े में भी
हमारी मुखाकृतियाँ लगती हैं, असहनशीलता से भरी हुई

भरोसे से भरे वाक्य,
किसी गिद्ध की तरह हमारी सभ्यता के इर्द-गिर्द मंडराते रहते हैं,
उन्हें चाहिए चारा,
उन्हें चाहिए शिकार,
इस सभ्यता के सारे शिकारी हर बार ठिकाने पर लौटते हैं पेट भरे हुए

अब बढ़ा है सिर्फ़ संदेह
बढ़ी हैं रस्में

आर्यावर्त
हर काम को करने का एक नया तरीक़ा खोजने में जुटी भीड़ भूल गई है ठीक से खाना-पीना
अब उन्हें नींद और रुलाई दोनों नहीं आती।

बार-बार आते हैं भाग निकलने के ख़याल
गोपनीयता के हिसाब से इस पृथ्वी पर अब उनके लिए कोई जगह नहीं बची।

जब देखता हूँ कि मैं रोज़ एक नया प्रेम इस चाह में किए जा रहा हूँ
कि भोगने के लिए एक देह की गिनती और बढ़ गई है
तो थोड़ा-सा अपनी स्मृतियों के पास और सिमट आता हूँ

आर्यावर्त
मैं पहले ऐसा कतई नहीं था!
मैं पहले जैसा होना चाहता हूँ

इस देश के सबसे ज़्यादा थके हुए लोगों के कंधे,
अब पहले से भी ज़्यादा झुक गए हैं विश्वगुरु!

जब वह हँसते हैं, तो दयनीय लगते हैं
उनकी उदासी एक लाश के चेहरे में बदल गई है, अब और भी ज़्यादा
वह पहले से अधिक लाशें देख रहे हैं आर्यावर्त
वह बहुत बार ख़ुद को भी एक लाश की तरह देखते हैं

पर आर्यावर्त सुनो,
वह पहले से ज़्यादा बे-ख़ौफ़ बोल सकते हैं
कि यह सरकार निहायत चूतियों से भरी हुई है।

मुझे उनकी भाषा किसी भी शाब्दिक अश्लीलता से बरी लगती है।
यह सब पहले भी थोड़ा-बहुत था
तो जानना ज़रूरी है
कि देश के व्यवहारिक बर्ताव में कहाँ से आ रहा है, अब इतना ज़हर?

इस देश में अब पहले से अधिक होने लगे हैं प्रवचन
अब इस देश को घेर लिया है उपदेशकों की भीड़ ने।
अब,
सब तरफ़ पेड़ और आदमी को काटने की बातें चल रही है
भोगने के नाम पर नदी और स्त्री के साथ एक जैसा ही बर्ताव किया जा रहा है।

अब

नदियों के बारे में सिर्फ़ मौक़ापरस्त बैठकें होती हैं
पहाड़ को दलाल किसी रेपिस्ट की नज़रों से घूरते हैं

हम जिस चश्मे से ख़ुद को देखते हैं दौड़ता हुआ,
कई बार चश्मे के बिना हम दिखते हैं औंधे मुँह गिरे हुए।

बड़ा सवाल यह है कि हम जा कहाँ रहे हैं?
अगर हम तुम्हारी ओर आ रहे हैं, आर्यावर्त

तो मैं अपने देश की विशाल भीड़ के भीतर से
एक बहुत मामूली-सी आवाज़ लगाता हूँ
कि अब हमें इस देश के उद्धार के लिए नायकों की तलाश बंद कर देनी चाहिए
और सारा विवेक लगा देना चाहिए उस भाषा को पढ़ने के लिए
जिस भाषा में इस महान देश के हर चौराहे पर खड़ी एक बेकार भीड़
आकाश को अपनी उदास चिट्ठियाँ भेजती है।

आर्यावर्त अब हम लाशों के मनोविज्ञान पर काम करना शुरू कर दें अविलंब।
क्योंकि आबादी का एक बहुत बड़ा हिस्सा
बोलते-बोलते अचानक से चुप हो गया है।

उनकी यह चुप्पी
अब हर मोर्चे पर, हर ज़रूरी शोर के भीतर

एक ख़ाली जगह गढ़ रही है

आर्यावर्त
अगर मैं ठीक से देख पा रहा हूँ,
हम सब उस ख़ाली जगह के भीतर एक दूसरे का हाथ पकड़े
सामूहिक रूप से धँसते जा रहे हैं।
इतिहास की क़ब्रगाह में बहुत दूर तक ढूँढने पर
भी तुम हमें ठीक से नहीं मिलते,
तो भविष्य में भी दूर तक देखने पर तुम्हारा न मिलना
एक कीमत के तौर पर अब हमें स्वीकार है।

कि सारे रास्ते यहीं से निकलते हैं।
कि सारे रास्तों को यहीं तक आना होगा।

परंतु आर्यावर्त! तुम कुछ बोलते क्यों नहीं?

तुम हो भी?
या सच में नहीं हो!

■

# काया से बाहर प्रेम

ऋतुओं की गोद में आते हैं, मेरे प्रेमी
मुझ तक आने के लिए करुणा के वस्त्र चाहिए उन्हें

वह वस्त्र जिनमें वह नग्न दिखें!

जैसे दिखते हैं, वृक्ष-वृन्द
जैसे दिखते हैं, पहाड़ पर देवदार
जैसे मृतक के चेहरे पर ठहर जाता है, समय
आकाश में जैसे वापस लौट जाती है, झरने की आवाज़।

कोलाहल के उपरांत जैसे पृथ्वी को समेट लेता है
एक नवजात मौलिक मौन!

अपनी मौलिकता में जीते हुए मर जाने के दुःख से भरे हुए
हर ऋतु-आगमन में उन्हें चाहिए-
काया-श्रृंगार
वह मुझे नाव की तरह देखते हैं, और प्रेम को नदी की तरह!

उन्हें लय पर भरोसा है, मुझसे भी अधिक
वह मुझसे अधिक जानते हैं दुःख को

सुख से मुग्ध मेरी आँखों को देखते हुए
वह समझ जाते हैं,
कि अब यह चले जाने का वक़्त है
वह चले जाने के इतने अभ्यस्त हैं
कि प्रेम का कोई अनुशासन उनके लिए नहीं है

वह ऋतु जानते हैं,
वह प्रेम को जानते हैं,
वह अपने आने और जाने को जानते हैं,
वह नहीं जानते फिर भी!
जो चले जाने के बाद पता है मुझे

कि हरेपन से बाहर भी एक दुनिया है
जो अपनी हर प्रतीक्षा में,
जो अपनी हर व्याकुलता में ढूँढ ही लेती है, एक लय

एक मायूस संगीत जिसकी नसों से सदैव रिसता रहता है।

जिस दुनिया में प्रेम को मान लिया गया है
एक ठहरी हुई जगह!
जिस दुनिया को जाती हुई ऋतुएँ,
नाग की तरह पलट कर नहीं देखती हैं

इस दुनिया में सब कुछ धीरे-धीरे, घटने के अनुशासन में क़ैद है

और यह कितनी सुंदर बात है,
कि प्रेम भी क़ैद है इस जल्दी से न बीत जाने वाले अनुशासन के भीतर

इस दुनिया के भीतर प्रेम से हारती हैं, ऋतुएँ
हरेपन से बाहर की इस दुनिया में नहीं आते, मेरे प्रेमी!

■

# समय

एक बहुत लंबी सीधी रेखा
दूर तक जाती हुई
उसके जाने में न कोई विराम है,
न आने का कोई चिन्ह मौजूद!

दूर तक जाती हुई रेखा के साथ उभरती हैं, कुछ यूँ घटना-रेखाएँ-
कि रेखाओं के साथ ही जाएँगी अब आगे
पर पीछे छूटती है, घटना की हर रफ़्तार
और बनी रहती है, समय की महानता

कि जब कुछ नहीं घटेगा
शायद तब भी एक लंबी रेखा गुज़रेगी
यह बताते हुए,
कि इस ब्रह्मांड में अब कोई स्पंदन शेष नहीं।

■